铁血柔情
武则天传奇

翟之悦 ◎ 著

一部女皇兴亡史，说不尽的传奇，道不完的宫心计。

当代世界出版社

图书在版编目（CIP）数据

铁血柔情：武则天传奇 / 翟之悦著 . -- 北京：当代世界出版社，2014.12

ISBN 978-7-5090-1014-3

Ⅰ.①铁… Ⅱ.①翟… Ⅲ.①长篇历史小说 – 中国 – 当代 Ⅳ.① I247.5

中国版本图书馆 CIP 数据核字（2014）第 288537 号

书　　名：	铁血柔情：武则天传奇
出版发行：	当代世界出版社
地　　址：	北京市复兴路 4 号（100860）
网　　址：	http://www.worldpress.org.cn
编务电话：	（010）83908456
发行电话：	（010）83908409
	（010）83908377
	（010）83908455
	（010）83908423（邮购）
	（010）83908410（传真）
经　　销：	全国新华书店
印　　刷：	北京画中画印刷有限公司
开　　本：	710 毫米 × 1000 毫米　1/16
印　　张：	14
字　　数：	160 千字
版　　次：	2015 年 1 月第 1 版
印　　次：	2015 年 1 月第 1 次
书　　号：	ISBN 978-7-5090-1014-3
定　　价：	29.80 元

如发现印装质量问题，请与承印厂联系调换，
版权所有，翻印必究，未经许可，不得转载！

第一章 武家有女初长成 // 001

皇宫高大的外墙已遥遥在望,那重楼玉宇,错落有致、雄伟堂皇,宛若仙境。武则天雀跃的心不禁又一阵狂跳,她终于能堂堂正正走进深深几许的宫墙,这是她多年来梦寐以求的愿望。

第二章 武氏初入宫廷 // 007

一入后宫,武则天才明白,企图凭自己的容貌赢得皇帝的宠幸,是一件多么渺茫的事情。后宫最不缺的便是青春美丽的女人,胭脂水粉的甜香和南腔北调的娇笑之声泛滥成灾。

第三章 袁大师的预言 // 015

公元648年,自古以来被朝野上下视为改朝换代象征的太白星出现在白昼,引起了举国不安。同时,宫外开始纷纷流传"唐三代后,女主武王代有天下"。

第四章 双姝争宠,武氏得利 // 025

房中只剩下李治和武则天这对久别重逢的情侣。李治仔细地打量着武则天,她如云的长发早被剃度,用一顶帽子遮住光头,一袭寒素的长衫掩不住呼之欲出的性感气息。李治百感交集,搂住武则天百般缠绵。

第五章 武昭仪立威的第一把火 // 035

武则天很快看清了自己目前的处境。李治这种和稀泥的态度,对于在外廷毫无援引的她来说非常不利。皇后等人背景强大,难以撼动,而武则天唯一的依靠就是皇帝。皇帝却是最不可靠的人。

第六章 玩转宫廷阴谋的新皇后 // 059

高宗李治常常暗叹,武则天做事倒颇有太宗皇帝遗风,可惜是个女儿之身。此时,他真切怜惜和佩服身边这个女人,他看出她还有无限潜能可以发挥。

第七章 任何人都难挡武后的争权之路 // 079

尽管一箭双雕,顺利拔除了眼中钉,但武则天心中并不轻松。亲人之间的杀戮让她无法面对母亲和贺兰敏之哀怨的目光。

第八章 二圣临朝的全新局面 // 087

废后事件同样带给唐高宗李治不小的冲击。他在此风波中真切地感到,自己没有能力与皇后分庭抗礼,因此他心甘情愿地回归到他与皇后所组成的家庭,不再想入非非,以免牵扯无辜之人受害。

第九章 母子间的大斗法 // 097

皇帝李治,面对儿子的挑衅,在惊怒之余又开始犯病。武则天顾忌丈夫,也不想事情闹得无法收拾,便努力克制着自己的震怒。她决定先稳住太子,再作打算。

第十章 宫闱内部争权 // 113

严酷的事实令她清醒,即使亲如母子,在权力面前也是当仁不让,只能勾心斗角、你死我活。因此,武则天允许儿子们继续登场,主要是迫于形势。

第十一章 太后的口味惊世骇俗 // 123

武则天被她说得心中痒痒,又不好直接表露,只好模棱两可地要她先把人送来再说。千金公主赶紧表示,人已经在殿外守候。

第十二章 失意文人政客的最后一搏 // 131

　　李敬业选了个黄道吉日,与魏思温、李敬猷、薛仲璋等人召开誓师大会,正式出兵讨伐武则天。由于此次叛乱出其不意,所以开头还算顺利,周围几个县都被李敬业等人所占领。

第十三章 酷吏来了 // 141

　　武则天认为仅仅让朝中之人互相监督告密依然不够,群众的眼睛是雪亮的,要发挥广大百姓的力量。于是,她又拟好懿旨,向全国发出通告,允许所有百姓上京告密。

第十四章 不给力的皇族叛乱 // 151

　　李冲见势不妙,带头把蛊惑军心的人斩首示众,兵士们更是逃之夭夭。不一会儿,只剩下李冲的几十员家将还守护在他身边。百般无奈,李冲只得带着残兵旧部退回博州城。

第十五章 剪除李唐羽翼 // 159

　　周兴心中暗喜,嘴上却表示为难,说太平公主的驸马薛绍等人都参与了谋反,不知如何是好。

　　武则天冷笑着说:"别说是驸马,即使是公主谋反,也严惩不贷。"

第十六章 女皇隆重登基 // 167

　　又一轮更为盛大的请愿活动再次发起,武则天还是推却。直到最后一次,文武百官、各国大使、宗教娱乐和民间知名人士共同组织了一次声势浩大的请愿活动。就连皇帝李旦也参与进来,发表了一篇言辞恳切、情真意切的诏书。

第十七章 酷吏制度的终结 // 177

武则天对待酷吏的态度不过是一种利用，用完即弃，几乎毫不留恋，而她对待狄仁杰之类的忠臣良相却始终加以扶持和信任。

第十八章 各色男宠粉墨登场 // 189

一转眼，薛怀义已经陪伴女皇10年之多。从前他不过是女皇的男宠，随着武则天地位翻天覆地的变化，薛怀义的身份也随之水涨船高。

第十九章 激烈的皇嗣之争 // 197

由于皇嗣的册立之事，关系到国家社稷的安危，当然，最重要的是关系到大臣们的切身利益，因此成为了万众瞩目的焦点。不少人都打着自己的小九九，运用自己的人际关系网来左右这件事的发展。

第二十章 女皇的面首照砍不误 // 205

张易之、张昌宗兄弟俩的得宠充分验证了小人得志后果的严重性，他们从最早的贪赃枉法逐渐演变到迫害王孙，接着又发展到残害忠臣、扰乱朝政，令原本已经明朗的政治形势发生了变化。

结　　语　最后的无字丰碑 // 215

后人的评价，对武则天来说已经毫无意义。唯有那无字的丰碑静静耸立在历史的长河中，守护着武则天一生那些古老、沉重而血腥的过往，成为另一种形式的永恒。

第一章　武家有女初长成

贞观十一年（公元637年）九月的这一天，似乎是个黄道吉日，山西文水武氏家族大门口张灯结彩、锣鼓喧腾、鞭炮声声。门前停驻的宝马香车金碧辉煌、富贵逼人，几十个侍卫、宫人低眉顺眼地守候一侧，迎接新主的到来。

看热闹的人群将武家大门前的街道堵得水泄不通，叽叽喳喳的议论之声不绝于耳。

"这是哪家姑娘出嫁？我自打记事起还没见过这么大的排场。"

"武家的小姐！她嫁的可不是一般人，是当今皇上。"

"真没看出来啊，这一下子就飞上枝头了。早知道今日，平时就该对她家好点。"

"嘘，你们俩都小声点！武家现在可是皇亲国戚了，以后我们得巴结着点。"

"让开！让开！"

连声断喝后，众人挤出一条道路。盛装的武则天在武氏女眷的簇拥下闪亮登场。她遍身绫罗、满头珠翠、环佩叮当，显雍容华贵、霸气逼人，令众人不敢直视。就连适才宣读圣旨的官人也不由心折，自动上前扶住新主，助她款步登上入宫的马车。

长路寂寞，枯燥无趣。14岁的武则天正是青春靓丽、活泼好动的年纪，又如何能耐得住这乏味的旅途。她忍不住伸手掀开轿帘一角，

只见湛蓝的晴空飘着淡淡的白云,澄澈高远,望之心醉。

皇宫高大的外墙已遥遥在望,那重楼玉宇,错落有致、雄伟堂皇,宛若仙境。武则天雀跃的心不禁又一阵狂跳,她终于能堂堂正正走进深深几许的宫墙,这是她多年来梦寐以求的愿望。

追根溯源,武则天与皇宫大内早有千丝万缕的联系。她的母亲杨氏是隋朝皇室宗亲、宰相杨达的掌上明珠。隋亡之后,外祖父杨达过世。虽说杨家的地位从此大不如前,却依然血统高贵、名满天下。母亲杨氏家族中不少女眷依然在唐太宗李世民的后宫占据一席之地。因此,武则天的入宫,也是杨氏女眷极力促成的结果。

再看武则天的父亲武士彟,是一个极富传奇色彩和争议性的人物。用当代的眼光来看,他的发迹无异于一部贫民逆袭史。几代务农的武士彟家境贫寒,但他不甘平庸,转型经商,靠卖豆腐起家,积累下第一桶金。隋朝末年,隋炀帝昏庸无道,大兴土木。武士彟看准机会,倒卖木材,很快完成了原始资本积累。待到生意做大,家境殷实后,他用金钱买官,当上了太原鹰扬府队正,经历了从贫民到富商又到官人的变身之旅。

然而,从遗传学的角度来看,一代女皇的父亲断不至于是安于现状、鼠目寸光之辈。果然,武士彟很快就傍上了更大的人物——唐朝的开国皇帝李渊。不过,隋末局势混乱,鹿死谁手还未可知。当时的李渊充其量只是个造反派头头,但武士彟火眼金睛,咬定青山不放松,荡尽家财支持李渊。事实证明,这一注,武士彟押对了。李渊登基之后,念其功劳甚大,封武士彟为太原郡公,武士彟的两位兄长武士棱、武士逸分别官至司农少卿、益州行台左丞。武氏家族从此青云直上,成为当时的政坛新贵。

然而，在封建社会，门第观念深入人心。朝野上下对武士彠的看法并未因其政治地位的改变而发生质变，像他这样的暴发户，想要得到认可，必须有些其他的资本才行。

此时，皇帝李渊的赐婚恰似一场及时雨，令武士彠摆脱了当时的尴尬处境。武士彠的忠心为国（妻子相里氏病危亦无暇探望）令李渊甚为感动，为表彰其忠诚，李渊封他为应国公，三品工部尚书，并将儿子李世民的妹夫的堂妹，即上文提到的隋朝宗室之女杨氏，赐给武士彠为妻。公元620年，武士彠与杨氏大婚之后，正式成为皇亲国戚，社会地位扶摇直上。

婚后，急于求子的杨氏接连为武士彠生下三个女儿，均聪慧美丽。长女嫁给贺兰氏为妻，姑且按惯例称她贺兰夫人；小女儿嫁郭孝慎，早亡；次女便是中国历史上叱咤风云、名动四方的唯一的女皇武则天。

俗话说，"三岁看大，七岁至老"。在国人的传统意识中，一代天骄往往在童年时期便鹤立鸡群、超乎寻常。史上有关武则天幼年的传说有两则。一是晚唐诗人李商隐在《利州江潭作》一诗中提及的"感孕金轮所"。此诗依据民间传说所作：大意是杨氏在潭边游玩之时，金龙跃出水面，与之嬉戏，从而有孕，生下武则天，暗示武则天为真龙之命；二是著名相士袁天罡曾为襁褓中女扮男装的武则天看相，认为其龙睛凤颈，惜乎男儿，若为女身，定当成为天下之主。

前者既为传说，其真实性可见一斑；那么后者是否属实，隔着悠悠岁月，自是无从考证。不过，袁天罡既为一代大师，又怎会分辨不出武则天的真实性别？所以，传说就且姑妄听之吧。

窃以为，一代女皇性格和能力的养成主要在少女时期，是天时地利人和多方面促成的结果。

首先，是健康状况。身体是日后成功的本钱，健康需要悉心的保养，但遗传也是重要因素。武士彟从小生活艰苦，长大后又饱受风霜劳碌，于59岁去世，在缺医少药的古代，59岁已经算是高寿，由此可以推断，武士彟的身体素质基本过硬。再看杨氏，年过四旬的杨氏即使在医学昌明的当代社会亦属高龄产妇，可她面不改色连生三女，且皆为顺产，可见其健康状况亦良好。武则天出生时，正值家庭的黄金时代，她自小得到全方位的呵护。养尊处优的生活为武则天的健康成长打下坚实的基础。因此，无论是进宫后长达12年的冷遇，在感业寺伴着青灯古佛的清苦生活，还是再次入宫后的血雨腥风、勾心斗角，接连不断地孕育生子，都无损她充沛旺盛的精力。

第二，良好的教育。事实上，武则天的母亲杨氏对其的影响是全方位的。杨氏赐予了武则天一样难能可贵的东西，那就是情商。在当今社会，一个人要成功除了要有IQ（智商），还要有EQ（情商），这包括（关）爱人的能力和被人（关）爱的能力。坐了10多年冷板凳后，武则天依靠情商这个武器俘获了太子李治，最终逃出生天。IQ的培养是门复杂的学问，武则天在日后的不断修炼中杂糅了其他技巧，修成正果。这是后话，暂且按下不表。再来看贵族出身的杨氏，她与其他贵族少女不同，杨氏不爱红妆爱文史，对针头线脑的女红毫无兴趣，却喜好读书，终日手不释卷。并且，由于出身宗室，杨氏具有天生的政治敏锐性，善于审时度势、分析利弊，这些都对武则天产生深远的影响。当然，父亲武士彟也颇具政治头脑，他在官场如鱼得水，曾转战多地任职，武则天跟随父亲游遍名山大川。四处游历对她开阔眼界、创新思维大有裨益。

在郁郁不得志的12年后宫生活中,武则天常在闲暇之余读书习字。后来她长期侍奉在唐太宗李世民身边,得以观察皇帝如何处理政务。如此直接的熏陶,令她获益匪浅,为其日后的参政议政打下了基础。

第三,开放的社会环境。李唐皇族带有北方少数民族的血统,建立唐朝后,将北方少数民族的部分习俗带到中原。当时各民族之间、国际之间的交往相当频繁。而不少少数民族的社会体系中,女性地位颇高,这些异域风俗渐渐渗透到唐朝社会生活的各个领域,强烈冲击中原汉族的礼教观念。世风日渐,古往今来崇奉的以属守儒家正统的妇德礼教的贤妻良母模式并不是唐朝女性生活的唯一模式。妇女们常常抛头露面,甚至男女同席共饮、谈笑唱和而无所顾忌。唐朝皇室贵族中男女无别,女性当中的佼佼者,更受社会的推崇。这种相对开放的社会环境,对武则天的成长约束极少,令她的天性得到完整自由的发展。

然而,富足优越的环境只能培养出温室的花朵,经不起风雨,更何谈走上帝位。"天将降大任于斯人也,必先苦其心志,劳其筋骨,饿其体肤,空乏其身,行拂乱其所为,所以动心忍性,曾益其所不能。"命运的巨手不断覆雨翻云,在登基大宝之前,武则天经历了一次又一次波折,至少在当时看来,她的命运着实叵测难料。

第二章　武氏初入宫廷

公元635年，武则天12岁。她经历了人生中第一次重大的转折——父亲去世。武士彟痛惜唐高祖李渊病逝，"因以成疾"，郁郁寡欢，终于不治吐血而亡。杨氏只得带着3个女儿扶柩回到亡夫的老家并州。

李世民为表彰武士彟的忠勇，特令并州大都督李勣主办丧事，丧葬费用由国库承担。武士彟的葬礼可谓风光无比，但是随着他的离世，武家不可避免地走向败落，而武则天的境遇较之从前更是一落千丈。

武士彟在世时，对夫人杨氏以及3个血统高贵的女儿关爱有加，势必冷落了他与原配相里氏生下的儿子武元庆、武元爽。父亲武士彟一死，子女亲属便面临财产分割问题。按唐朝风俗，女儿出嫁可以分得财产。新仇旧恨，令这两兄弟对这孤儿寡母4人百般虐待。而武氏族人，尤其是堂兄弟武怀良、武怀运和武怀道等人，也同样是见利忘义、凉薄卑鄙的小人，在分家过程中，欺凌杨氏母女，占尽便宜。在这样的艰难处境中，武家长女匆匆嫁给了官职低微的贺兰安石，以逃避族人的折辱。

长姐并非门当户对、差强人意的婚事再次刺激了武则天，令她对这个炎凉市侩的世道有了更深的感触。遥想当年，父亲在世之时，她们是何等荣耀、何等骄傲，一张张笑脸伴随着奉承、吹捧无时无

刻不萦绕在身边。然而，这一切都随着父亲的下葬戛然而止。父亲的财富还在，却已被亲人瓜分殆尽；父亲的朋友还在，可抛给她们的只有冷眼和唾弃。武则天虽然年少，却已饱尝世间人情冷暖，她深切地感受到所谓亲情、友情不过是利益的交换，不过是相互之间的利用，没有人值得信任，没有人可以依靠。她不止一次地暗暗发誓，一定要出人头地，改变命运。可是，前途漫漫，出路究竟在何方？

母亲杨氏心知肚明，唯有指望以婚姻来改变自己和女儿的命运。于是，她一路风尘地带着女儿来到长安，寄人篱下，以谋求觅得佳婿的机会。然而，落地的凤凰不如鸡，在这世俗的社会里，又有哪个大户人家会青睐早已家道中落的武家女儿？

时光飞逝、日月如梭，转眼间武则天已长成一个美貌少女，时年14岁。与姐姐相比，她更为骄傲和坚强。尽管多次寻觅佳婿无果，但她依然不愿轻易将自己交付出去。她深知，美貌是自己的核心竞争力，而美貌永远是走进男性世界的第一通行证。

正在武则天苦闷无措之际，命运以不可思议的力量为她打开了一扇通往梦想的大门——唐太宗李世民下旨广征天下美女，充实后宫。

当时，长孙皇后刚去世不久。在那段日子里，李世民极度失落、孤单——他在宫中建造了一个高台，用来凭栏远眺长孙皇后的陵墓。即便如此，也无法排遣内心失去皇后的苦闷空虚，于是他开始尝试不同的美女。但是后宫女子数量有限，无法满足李世民的需求，所以，他便下旨选秀。

对武则天来说，这是个天大的好消息，机遇来得正是时候，她毫不迟疑地向母亲表示，她要入宫。

杨氏何尝不知女儿的雄心大志,只是,杨氏出身皇室,深知后宫的凶险莫测。她告诉女儿武则天:"幸运者一朝飞上枝头,全家鸡犬升天,但若稍稍行差踏错,那就是灭顶之灾,是株连九族之祸。若是只求安稳,不求升迁,那无异于守活寡。不过,即使如此,后宫也不会容你图得安宁,没有了皇帝的恩宠,那人人皆可践踏。若是到了那个时候,你简直生不如死。"

武则天明白母亲为何担忧,她劝慰母亲:"父亲一世英名,赢得功名、创下财富,但是一朝身死,家族便远离皇权,子女便任人欺凌。可现实并不会赋予女人建功立业的机会,任你才高八斗、学富五车,也没有资格参加科举,只能相夫教子,平庸到老。所以除了进宫,女儿再无任何出人头地的机会。"

杨氏是一位有见地、有谋略的女人,她见女儿执意如此,便不再阻挠,开始积极行动,为女儿创造机会。经过多方运作和交际,杨氏与族中被选入皇宫的妃嫔有了联系,杨氏妃嫔也希望能在宫中多多安插自己族人,互为援引。于是她们开始制造舆论,为武则天的美貌大作宣传。她们的宣传似乎颇有成效,武则天相貌出众的美名很快传入皇帝的耳中,她不久便奉召进宫了。

每天,武则天与同期进宫的美少女们一起早起梳妆、学习宫廷礼仪。在最初的新鲜感过去之后,日子变得刻板乏味、千篇一律,除了偶尔出现的几个太监还算是西洋景。

一入后宫,武则天才明白,企图凭自己的容貌赢得皇帝的宠幸,是一件多么渺茫的事情。后宫最不缺的便是青春美丽的女人,胭脂水粉的甜香和南腔北调的娇笑之声泛滥成灾。

长夜漫漫,无所消遣,武则天常常对着镜子点起蜡烛,再卸下

钗环,散下瀑布般的长发,端详着自己曼妙的身材和姣好的面容。莫名的冲动在她青春的肌体中左冲右突,令她烦躁不已。她开始怀疑自己的初衷,不知自己是能得到皇帝的宠幸,还是会就此沉寂下去,直到红颜白发,老死宫中。

与武则天同屋而居的女子名叫徐惠,她出身名门,身材纤细,性格温柔,满腹经纶,在闺中就有"才女"之名。闲暇之余,武则天经常向她讨教问题、切磋文法,倒是颇有长进。时间一长,两人结下金兰之好,约定互相扶持,互相引荐。

在两人的关系当中,一直是武则天占据主动,她对徐惠的示好可以视作一种感情投资。因为徐惠的父亲正是大臣徐孝德,徐惠的侄子是右散骑常侍。徐惠的这两位亲人面圣的机会很多,这为徐惠的承宠提供了相当便利的条件。

果然不出武则天所料,不久,徐惠被皇帝召见,四五天都没有回房。据说,徐惠挥笔成文,令龙颜大悦,皇帝立刻封其为正三品婕妤。正三品婕妤,后宫只设9个。这是多少后宫女子梦寐以求的位置,却被徐惠轻易到手。

入夜,只剩武则天独自在房中枯坐,她幻想了无数遍徐惠承宠的画面,羡慕嫉妒恨,各种复杂的情绪啃咬着她的心灵。

徐惠的脸颊和身材瘦削,容貌并不出众,但是,她的得宠,足见皇帝对女人的门第、才华、教养的重视超越美貌。而武则天虽出身官宦之家,父亲却是"草根"出身,没有世袭的爵位。虽然武则天的母亲门第高贵,但改变不了武家卑微的血统。所以,尽管武则天蕙质兰心、饱读诗书,却只能凭借美貌进宫。在争宠的道路上,武则天也得不到家族的任何援助。与徐惠相比,她输在起跑线上,武则天再一次感受到命运的不公和残酷。如今,她只能期望徐惠信守诺言,不忘扶持于她。然而,人心难测,若是徐惠失信,她也无可奈何。罢罢罢,若果真如此,她也只能认命,再谋出路。

等待的日子对武则天来说,每天都是煎熬,直到冬至日姗姗而来。这一日,皇帝忽然传膳,宣旨武则天陪同。武则天的心怦怦狂跳,看来,徐惠没有食言,武则天深知等待已久的机遇终于到来。

用心地梳妆完毕,武则天亦步亦趋地跟着太监走进辉煌的大殿,这里比她居住的地方豪华百倍。雕梁画栋、金龙玉兽巧夺天工,祥花瑞草、回廊匝道眼花缭乱。武则天不敢随意张望,只得用眼角的余光偷偷打量,再次坚定了自己的选择。

进入正殿,身材微胖的李世民正携徐惠闲坐,武则天一见天颜,激动万分,不由自主地跪倒在地,口称"万岁"。

徐惠笑盈盈地告诉李世民,这就是武士彟的女儿。

李世民命武则天抬头,饶是他阅尽人间春色,还是为武则天的美丽所动容,他连连称赞道:"美容止。"意思是,没有比她更美的。皇帝还立即赐武则天一个"媚"字。

史料对武则天的容貌有所描述,称其"方额广颐",即宽阔的额头,丰满的下巴。具体美到什么程度如今已经无法想象,但可以肯定的是,情商极高的武则天十分善于眉目传情,她的聪慧灵动通过眼神这个载体电到了李世民。另外,武则天必定十分性感。从史料可以看出,她酷爱各种运动项目,再加上年少时跟随父亲四处旅游,比起大门不出二门不迈的娴静典雅的大家闺秀,武则天自有一番无拘无束、野性热烈的魅力。因此,第一次相见,唐太宗就被她这种与徐惠截然不同的美丽迷住了。

晚膳结束，徐惠自觉回避。李世民携武则天来到紫宸殿后的寝宫。宫女、太监们服侍两人换过寝衣，低头告退，一路放下金帐，随侍两侧。

宫内铺满厚重的地毯，点上了十几支粗大的红烛。床褥早已点缀一新，层层叠叠、松软厚实，缀以珠翠、辅以熏香。宫外寒风萧瑟、落叶飘飞，宫里却是炉火熊熊、温暖如春。

酒后的武则天两颊飞红、艳若桃花，衬着乌黑的秀发愈加妖娆动人。李世民搂住武则天，便要亲吻。武则天羞涩万分，下意识地躲避，又恐李世民见怪，急忙偷眼观察他的表情，欲拒还迎的姿态令李世民哈哈大笑，他亦趁机细细欣赏她的美态。武则天丰满的双峰、纤细的腰肢、白皙的肌肤、浑圆的盛臀在光滑的寝衣下若隐若现，少女清新的体香扑面而来，他再也按捺不住，终于伸出了那双历经朝代更替、扭转乾坤的大手……武则天闭上双眼，曲意承欢，希冀凭借这一夜激情紧紧抓住皇帝的心。

武则天侍寝之后，被封为正五品才人。虽然不尽如人意，但总算有所安慰。只是，最初的新鲜劲儿过去之后，皇帝便不再召见她，就仿佛他赐给她的名字一样。"媚"在当时是个十分通俗的名字，也许皇帝只将她当作一个玩物，并未认真地放在心上。而在这期间，徐惠却经常承宠，她又因对国家大事建言有功，被封为正二品充容。

后宫充斥着无数失宠或根本从未得到宠幸的宫人，她们不仅对武则天的遭遇冷嘲热讽、幸灾乐祸，更把仇恨的目光集体投向了风头正劲的徐惠。

在无数次的等待和失望过后，武则天几乎陷入绝望，她第一次意识到通往后宫最高主位的道路是如此崎岖艰险，若非因为父亲武士护的缘故，自己恐怕连才人的品级都无法挣到。

原本以为，美貌与智慧是自己的核心竞争力，可是今天看来，像自己这样毫无倚仗的宫人，试图在这利益的漩涡中争取到一席之地，是一种痴心妄想。每日，武则天都在寂寥的夜色中细细咀嚼无言的苦涩。幸好她还年轻，来日方长，她还能慢慢寻找机会。

坐以待毙从来都不符合武则天的性格。在等待的日子里，她并未虚度光阴，而是苦练书法、骑射和读书，以期再次赢得皇帝的宠爱。她一直静静地观察着，终于等到一个她自以为合适的机会，来博得李世民的关注。

李氏皇族原本是武将出生，是马背上得到的天下，男女老少多善骑射。一个风和日丽的晴好天气，李世民带领一班妃嫔踏青游玩，并且鼓励她们打马球取乐。武则天早有准备，在马球赛中，她出尽了风头。可是，李世民似乎没有注意到她。

赛后，李世民命人牵出一匹名为"狮子骢"的宝马，意欲上马一展风姿。不料狮子骢性子暴烈、不服管教，差点踢伤皇帝。李世民丢了面子很不高兴，随从急忙解释，说狮子骢桀骜不驯，就连驯马师也束手无策。

李世民为了挽回颜面，悬赏驯马，许诺谁能将此马驯服，便给予重赏。

此时，武则天排众而出，自动请命。李世民大为惊奇，不知武则天有何妙法。

武则天高声说："先用铁鞭抽之，如是不顺就用铁棍砸其头，若依然不顺，就用匕首割断其喉。"

一语既出，众人皆惊，大气都不敢出，静待李世民示下。

　　李世民半晌无语,这位刀剑下夺取政权的皇帝看出了这个小小才人外表虽娇媚,心中却有一股狠劲儿。皇帝丢下一句"你真有志气",便转身离开,赏赐之事也不再提。众人跟随着皇帝逶迤而去,只留下武则天孤单一人留在原地。

　　塞翁失马,焉知非福。武则天此举虽见罪于唐太宗,却令另一个男人对其倾心爱慕,这就是她一生中最重要的男人——晋王李治。而在当时,武则天正沉浸在沮丧之中,无暇顾及并不起眼的羞涩的晋王。

　　李治是长孙皇后所生的幼子,公元631年受封晋王。他性情懦弱平和,既无政治野心,更无意于帝位之争。他的府邸远离皇宫,只有重大节庆活动才会和父皇一聚。然而,他往日这种平淡的生活被武则天的出现所扰乱。她在马背上的飒爽英姿征服了李治。在他眼中,她是如此热辣、开朗、明媚,与他看厌了的那些矫揉造作的贵族女子全然不同。李治偷偷打听武则天的来历,可打听的结果令他万分沮丧:如此可爱性感的女孩儿居然是父亲的才人!

第三章　袁大师的预言

公元648年，自古以来被朝野上下视为改朝换代象征的太白星出现在白昼，举国不安。同时，宫外开始纷纷流传"唐三代后，女主武王代有天下"。

李世民清楚地记得，公元626年7月，太白经天，当时还是秦王的他发动玄武门之变，杀死太子李建成和齐王李元吉。之后的七八月，太白星多次在白天出现，高祖李渊认为天意要其让位于李世民，遂自动让贤。

此次，适逢李世民身体抱恙，他更为担忧，便召太史令李淳风相询，可是李淳风到巴蜀之地游历，回宫尚需时日。

李世民一边着人追回李淳风，一边召见心腹大臣。朝廷重臣褚遂良进宫后，立刻拿出一本民间《秘记》，指出其中"唐三代后，女主武王代有天下"的语句。

君臣双方商议良久，认为自古以来从未有过女子君临天下的局面出现。所以，《秘记》中的女主，或许是个别称。在心腹大臣的建议下，李世民立即宴请正二品以上武将，因为这个群体经常上阵打仗，有兵权在握，谋反的可能性最大。

席间酒酣耳热之际，左武卫将军、北玄武门宿卫官、爵位为武连郡公的李君羡引起了李世民的怀疑。李君羡自称乳名"五娘"，且李世民事后着人查到，李君羡为洺州（河北）武安人士。此人一

连占了五个"武",恰好又有御史弹劾他结交民间妖人,于是李世民便想借机将其杀掉。不过,李世民依然放心不下,遂召回李淳风,一问究竟。

李淳风表示,太白经天,女主兴起,且此女已在后宫,30年后将代掌江山,屠杀李氏子孙。李世民提出将嫌疑人全部杀死。李淳风急忙阻拦,他认为天命不可违,30年后,此人已老,或许生出仁慈之心也未可知。若是违背天意,将其诛杀,难保上天不派出更为怨毒之人诛杀李氏子孙全然不留余地,岂不是弄巧成拙?

其实几年前,就有人利用太白星出现造谣,那时就有"女主天下"的流言。但当时太宗正值盛年,贞观盛世初现,他未去理会这类流言。而且在当时男权至上的社会中,他终究不信"女主天下"这回事。所以,后来他虽然对武则天有所顾忌,但并未动杀心,只是将其拘到自己身边,充当宫女,侍奉自己饮食起居。至于宠幸,那是再不能够了。武则天什么时候随侍在太宗身边的,史书中没有记载,但她自己说,驯狮子骢马时,她已经在太宗身边侍奉了。史料证明,武则天于贞观十一年进宫到贞观二十三年李世民去世,她始终在才人的位分上原地踏步,郁郁不得志。

太宗皇帝要求武则天在身边侍奉起居。尽管武则天万般不愿,但皇命不可违,也只得委曲求全,精心服侍。根据当时的情况,她能安安稳稳保住自己的性命和位分已属不易。正在她郁郁寡欢之际,太宗皇帝的日子也并不好过。一场以太子承乾为诱因的宫廷风暴正在悄悄酝酿。

唐太宗李世民有14个儿子,他与原配皇后长孙氏育有:长子承乾、四子魏王李泰、九子晋王李治。按照立长子为东宫太子的惯例,承乾8岁就被立为太子。李世民对早逝的长孙皇后情深意笃,因此爱屋及乌,对这个长子怀有深切的亲情和殷殷期望。

无奈,承乾是个扶不起的阿斗。

承乾先天缺乏帝王气概,还不良于行(跛脚),更重要的是,他荒淫放荡、言行无状,常常做出一些出位的举动。譬如,他放着东宫大把的美少女不理,偏偏宠爱男童,每日与其同榻而眠、同桌而食,形影不离。若仅是私生活放荡不羁倒也罢了,他还经常扮作突厥可汗,要求手下扮成突厥士兵,穿胡服、讲胡语。承乾与他们一起在宫里扎帐篷、生篝火、烤牛羊。朝野上下对此无不议论纷纷。

李世民是打落牙齿往肚里吞,只好延请各方名师加紧管教,并常与太子太傅张玄素沟通,共谋良策。然而,谁都拿太子没有办法,承乾依然我行我素,并放话说,如果他得到天下,一定带兵投奔突厥可汗,在可汗手下做一名将军,决不会比别人干得差。

虽说这只是承乾的妄语,他未必真会如此,但是他的这番言语传到李世民的耳中,事情的性质陡然严重起来。接着承乾又做了一件不可饶恕的事情,那就是鞭打太傅张玄素。在古代,一日为师终身为父,学生鞭打老师,且这位老师是一代名儒,这无异于以下犯上。如此不忠不孝之人,如何能够成为社稷的接班人?李世民第一次动起了废掉太子的念头。

君主喜怒不形于色,但是李世民对承乾的不满,还是被觊觎皇位的人觉察出来。首当其冲有所行动的,就是魏王李泰。李泰组织了一帮鸿儒名士,编写一套《括地志》献于李世民,果然讨得李世民欢心。李世民驾临魏王府邸,还给予李泰不少赏赐。

魏王的得宠令太子承乾恐慌,他唯恐太子之位旁落,赶紧组织

了一场"自卫反击战"。贞观十七年（公元643年），承乾与汉王李元昌、吏部尚书侯君集等人密谋发动宫廷政变，意欲杀李泰、以保承乾的太子之位，却因被人告发事败。结果四月初六承乾的太子之位被废，还被软禁起来，九月初七又被流放到黔州。

承乾的背叛令李世民心痛万分，他责问承乾为何如此。承乾回答："我8岁就已入主东宫，怎么还会有别的想法？只因李泰暗算，才奋起反击。眼下，我还真中了李泰的奸计。"

李世民听了此言，对李泰的看法发生了变化，开始动念立晋王李治为太子。

对李世民的这个新想法，魏王李泰得知后很是不满。李泰认为李治存心与他争夺王位，因此对李治的态度变得极不友好，甚至出言恐吓。李治胆小如鼠，经李泰一吓，每天心神不宁，战战兢兢。李世民见李治如此，盘问之下得知李泰恐吓之事，极为生气，将李泰训斥了一番。而李泰眼见到手的太子之位即将飞走，居然利令智昏，带着兵马声讨皇帝。李世民借此机会将李泰幽禁均州。

李世民明白，李泰确有帝王之才，但是，立他为太子之后，他断不会放过亲兄弟，李唐家族未来将会杀戮不断。为了让玄武门事变的历史不再重演，李世民下定决心，立心地善良的晋王李治为太子。

这个提议，得到以长孙无忌为首的朝廷重臣（关陇贵族集团）的一致同意。长孙无忌看中李治软弱的本性，认为李治将来登基之后很容易受自己控制。因此，在立李治为太子这件事上，长孙无忌等人的态度与皇帝不谋而合。

唐太宗为了历练太子，上朝时，常令李治在旁，让他观看自己决断诸多事务,有时还让他参议政事,并多次加以赞扬。

经过多番风波,唐太宗李世民五内郁结,健康状况一落千丈。他随即下诏,将国家大事委托新任太子李治处理。李世民希望借助一段时间的见习,李治能适应君主的角色。

无奈李治生性懦弱,实在缺乏独挑大梁的能力。不过他为人谦逊又善良孝顺,常挂念父亲的病体,每天都往父亲的寝殿跑。这样,李治不但能亲自照顾父亲,还能随时向父亲请教国家大事。当然,另一个重要原因,就是李治可以天天见到令他魂萦梦牵的武则天。

正所谓甲之熊掌乙之砒霜。武则天独立激烈的个性虽然不入唐太宗李世民的法眼,却令李治神魂颠倒。固然,武则天的热辣性感是最初吸引李治的原因之一,但起决定作用的还是两人互补的个性。

从史料中可以看出,李治是个软弱、多情、善良、仁孝的人,正因如此,李世民和以长孙无忌为首的关陇贵族集团才选择他作为国家的接班人。但是,性格是一把双刃剑。李治遇事无主见、脆弱敏感的个性,令其对于年长又有处事能力的女性情有独钟。偏偏李治的母亲早逝,而成熟、坚强、富有心机和手腕的武则天的出现,恰到好处地满足了李治的恋母情结。尽管李治拥有无数娇妻美妾,却依然对武则天一见钟情,再见倾心。

一直以来,对于李治的热情,武则天从来都是持回避的态度。作为太宗皇帝的才人,李治的示好极有可能为她带来杀身之祸。她并不了解李治,也不愿轻易涉险。即使摒弃这层因素不提,在武则天内心深处,李治是个单纯软弱的小男孩,他不仅不具备他父亲李世民的雄才大略,甚至连他两个哥哥都不如。她根本瞧不起李治,更谈不上爱慕。但是,恰恰是这个并未被她放在心上的晋王居然一

步登天成为太子。而唐太宗李世民垂垂老矣，衰老总是与无望无助之类的字眼相连，李世民再也无法让她依靠。

良禽尚且择木而栖，更不用说像武则天这样富有野心的女性。不过，在当时的情况下，生存才是第一要义。武则天对未来根本不可能有明确的期望，她只是不得不屈从于命运，顺手紧紧抓住身边这根唯一的救命稻草——大唐未来的天子李治。

于是，武则天开始主动回应李治热烈的目光，她知道那目光一直追着她，密切注视着她的一举一动。

从两人初相识到如今已经有3年的光景了，比起当年的青涩，依然有青春相伴的武则天更多了几分成熟少妇的动人韵味。况且，武则天终日伴随在太宗皇帝身边，被帝王之气熏染多年，无形中增添了几许高贵典雅的气质，更加深了李治对她的迷恋。

尽管太宗病重，宫女妃嫔不可打扮得花枝招展，但武则天依然在那个乍暖还寒的初春，急不可耐地脱下厚厚的冬衣，换上合体淡雅的春装，轻薄飘逸的服饰衬托出她丰满白皙的胸部和婀娜多姿的体态。在皇帝寝宫忙里忙外的武则天，在李治眼中，宛若仙女下凡，美不胜收。

在侍奉皇帝的间隙，李治来到偏殿梳洗更衣，稍事休息。李世民心疼儿子每日奔波劳碌，已允许他搬进偏殿住下，这就为李治和武则天的幽会提供了便利。

皇帝的寝宫里乱成一团，谁都没有注意到武则天轻移莲步，悄悄跟着李治走进了太子的临时寝殿。她主动伺候李治洗脸、宽衣，热水袅袅地蒸腾，衣物摩擦发出窸窸窣窣的碎响。似有若无的肢体接触更加深了李治对武则天的渴望，这个令他朝思暮想的女人近在咫尺，他已经迫不及待……

在皇帝的身畔幽会的经历前所未有，令李治和武则天都倍感刺激。这种交织着渴望、惊惧、忧虑、甜蜜、不舍的复杂体验使两人难分难解、缠绵悱恻。李治贪婪地嗅着她身上醉人的芳香，凝视着她美艳绝伦的脸颊，拥抱着她曲线玲珑的胴体，但愿从此沉醉在她的温柔怀抱中不再醒来。

现在，对年轻的太子，武则天并非毫无爱意，青春有活力的他与病入膏肓的皇帝完全不可同日而语。然而，床笫之欢并不能扰乱武则天的心神，即使是在最缱绻的时刻。26岁的武则天仍然保持着清醒的头脑，怀抱中的这个男人，并不仅仅是她的情人，更是她未来生活的保障，因此，无论他多么脆弱、不成熟，她依然曲意逢迎，务必把他的心紧紧抓住。

贞观二十三年（公元649年）五月，太极殿上空聚集着蔽日不散的乌鸦群落，浓黑一片。它们凄厉地嘶叫着，传递着不祥的讯息。就在当月，唐太宗李世民驾崩。他在大限来临之前，处置了几个桀骜不驯的大臣；又唯恐李治镇不住两朝名将李勣，将其远调叠州任都督，让李治继位后再将其召回以示恩惠；李世民还安排好顾命大臣辅佐李治。做完这一切，太宗皇帝才放心地撒手人寰。

唐太宗李世民去世之后，李治先是忙于丧事，接着忙于应付各种军国大事，一时无法分神照顾武则天。毕竟，"皇帝"对李治而言是个全新的工作，他"压力山大"。而武则天依然需要留在两仪殿从事一些服务工作。她明白，一旦先皇的后事处理完毕，朝廷就该处置她们这批宫人了。

太宗的灵柩停放在两仪殿，全国开始了历时3个月的国丧。之后，

唐太宗李世民的遗体被送往昭陵与他深爱的长孙皇后合葬。

李世民生前宠幸的婕妤徐惠在皇帝驾崩之后伤心欲绝,以致不吃不喝也拒不服药,追随先帝而去,并被封为贤妃,特许陪葬在唐太宗李世民的昭陵之中。

徐惠的故事常被史学家用来攻击武则天,指责其不贞不洁、不忠不孝。然而,历经风霜的武则天早已看透了儒学礼教的虚伪。在武则天的价值观中,贞洁与忠诚固然高尚,道德纲常也需要提倡,但是每个人都是独立的个体,无须压抑人的本性来迎合礼教。因此,对于徐惠的死,武则天的反应十分漠然。

武则天对着铜镜换上朴素的衣裙,收拾好简单的包裹,她知道,很快,她将和那些未给先帝生下子女的妃嫔们一起,被送往感业寺出家。先皇的宠幸就是她们的原罪,必须用她们的一生来赎清。

房间的木门被拍响,女人们被赶上马车,有人号啕大哭,有人麻木不仁,还有人恋恋不舍后宫的荣华,而武则天则平静地接受了命运的安排,因为她无力反抗。

马车的轮子碾过田野发出枯燥的脆响,野外的朔风将鼓胀的门帘吹得宛若呜咽的哀嚎。武则天依稀记起当年14岁的自己坐着马车进入皇宫时懵懂、欣喜、怀揣美好愿望的情景,不由恍如隔世。

感业寺在皇宫的北边,是京城中最为幽静的皇家庵堂。寺中女尼由于身份特殊,吃喝用度一切开销均由国库支出,只是,出家之人怎比得上宫中有位分的妃嫔。她们不但需要参禅念经,还没有仆人服侍,生活琐事都得亲自动手。另外,感业寺门禁森严,宛若监狱,这些在宫中过惯纸醉金迷奢侈生活的妃嫔们如何能够习惯?因此,她们常常犯戒,并与寺中住持冲突不断。个性鲜明又具备政治头脑的武则天，很快成了住持的眼中钉。

　　可以说，在感业寺的这一段日子是武则天人生中的最低谷。她在清修之余常常感到愤怒。事实上，她与整个李唐王朝有何关系，却被迫用宝贵的青春为先皇殉葬。如今，唯有寄希望于皇帝李治曾经的海誓山盟，拯救她走出苦海。可是，皇帝的信誓旦旦、甜言蜜语最不牢靠，那时的李治应付千头万绪的国家大事尚且不暇，后宫佳丽三千日日争宠也够他受的。例如，王皇后和萧淑妃之争，就令李治头痛不已。

第四章　双姝争宠，武氏得利

王皇后和萧淑妃都将在武则天生命中扮演非常重要的角色。当武则天在感业寺苦苦煎熬的时候，她们正在后宫斗得不可开交。

在隋唐时代，世家贵族在社会上地位极高，倍受推崇。含着金钥匙出生的世家子弟不需要付出任何努力，就能受人尊重。若是出身寒门，或是门第不高，几乎没有太多晋升的机会，即使能力非凡，也无法进入中央核心政权圈内。直到长孙无忌为代表的关陇贵族集团被彻底打败以后，大权在握的武则天开始大量起用能人志士，"出身决定前途"的社会状况，才有所好转。

王皇后出身于太原王氏，门第高贵。十四五岁，就成为晋王妃，随着李治的升迁荣升太子妃，继而顺利成为六宫之主，可以说，她的皇后之位得来全不费工夫。而且，据史料来看，王皇后的容貌十分美丽，性格端庄持重，已故的太宗皇帝对她非常满意。可是，上天是公平的，他赐给王皇后人世间最显赫的一切，却没有为她安排一段美满的婚姻。受封建礼教熏陶长大的王皇后刻板无趣，缺乏鲜活的女性魅力，李治对她相当冷淡。而她高贵的出身，令她相对单纯、骄傲，缺乏强烈的忧患意识，也不具备高超的处事手段和曲折心机，更是无法俘获皇帝的欢心。

再来看萧淑妃，她出身南方贵族兰陵萧氏，是李治当太子时娶的良娣。她的性格活泼灵动，深得李治宠爱，接连生下一子二女。

当时，李治有4个儿子，长子李忠为宫女刘氏所生，次子李孝和三子李上金的生母均身份卑微。四子素节为萧淑妃所生，自幼聪明灵巧，李治爱若珍宝。永徽二年（公元651年），素节被封为雍王，更稳固了萧淑妃在后宫的地位。萧淑妃却并不满足，她进一步要求李治将素节封为太子，这令萧淑妃和王皇后的矛盾闹到了白热化的地步。

事实上，萧淑妃如王皇后一般，都是温室中被呵护长大的娇花，她甚至比皇后多了几分任性。两人的争斗几乎是本色演出，互相拆台、互相指责，或者就是求助于外廷的亲戚，除此之外并没有什么实质性的交锋。尽管如此，这也已令李治头痛不已。此时此刻，内外交困、身心俱疲的李治终于想起了远在感业寺出家的武则天。她的温柔体贴、善解人意、知情知趣，与身边斗得不可开交的两个女人比起来，更显得弥足珍贵。掐指一算，武则天出家已经多时，她一定度日如年，自己却几乎把她抛在脑后。李治是个多情之人，他记起了昔日枕边的海誓山盟，不由大感愧疚，但是一时半会儿也没有机会出宫，他只得先派遣心腹前往探望，安抚武则天的寂寞芳心。

若不是怀揣着一线希望，感业寺的清苦生活，武则天实在无法忍受。她日盼夜盼，苦于没有机会将自己的消息带给李治。正在她望穿秋水之际，李治的贴身太监来到了感业寺，向她传递了皇帝的相思之意，又给她带来很多礼物。

武则天紧紧抓住了这次机会，她深知皇帝身边人的重要性，于是，赶紧将多数礼物转赠给来人，同时将自己写的一封情诗交给对方，央他亲手交给皇帝。她了解李治，他骨子里是个文学青年，就好吟诗作对，喜欢酸溜溜的调调。

看朱成碧思纷纷，憔悴支离为忆君。

不信比来常下泪，开箱验取石榴裙。

有钱能使鬼推磨，更何况这个女尼是皇帝心尖上的人，待人又如此客气，万一将来有机会返回皇宫，自己也有个依靠。这贴身太监心里打着自己的小算盘，嘴上却唯唯诺诺地保证将情诗转达。

此人没有食言。武则天的情诗也收到了理想的效果。皇帝见诗后，牵动情思，对她更是朝思暮想。不久，李治就借拈香的机会来到感业寺。武则天一见到皇帝，再也克制不住心中的激动之情，越过众人，拉着皇帝的手痛哭起来。李治被她哭得心都碎了，赶紧加以安抚，身边的太监早就为他们准备好了厢房，打点好了一切。

房中只剩下李治和武则天这对久别重逢的情侣。李治仔细地打量着武则天，她如云的长发早被剃度，用一顶帽子遮住光头，一袭寒素的长衫掩不住呼之欲出的性感气息。李治百感交集，搂住武则天百般缠绵。

不得不承认，此刻武则天的举动掺杂太多的算计和功利，但这是她逃出生天的唯一机会，必须紧紧抓住。于是，她使尽浑身解数侍奉皇帝，还哭哭啼啼地诉说对皇帝的思念之情，她说她每天都在回忆中煎熬，她以为今生今世再也见不到皇帝了。李治一听，心如刀割，对她愈发难以割舍。

就在这欲罢不能的男欢女爱中，朦胧的暮色渐渐笼罩在感业寺的上空，悠长的钟声响起，令沉醉不知归路的李治蓦然惊觉，分别的时候到了。

窗棂同时被叩响，那是李治的贴身太监催促皇帝回宫的暗语。可两人依旧难舍难分，脆弱的李治更是忍不住呜呜哭出声来。还是

武则天较为理智,她告诫李治小不忍则乱大谋,出入宫门的时间都有记载,若是逗留太久被人觉察,会给她带来麻烦。

李治忍痛离去,悲悲戚戚回到宫中。俗话说,妻不如妾妾不如偷,这蜿蜒曲折、一唱三叹的崎岖情路反而令李治对武则天的思念之情空前增长,他终日长吁短叹、愁眉苦脸。过了一阵,他按捺不住对武则天的惆怅思念,又去感业寺微服私访多次。如此这般,皇帝在感业寺的风流韵事渐渐传到了宫中,传进了王皇后的耳朵。

王皇后独守中宫,寂寞难耐,偶尔出去走走,又遇到拖儿带女、耀武扬威的萧淑妃。萧淑妃将皇后奚落了一顿,皇后气急,索性不愿出门,终日在寝宫枯坐。宫女向王皇后禀报了皇帝的风流韵事,原本心情不佳的皇后更是怒不可遏。不过,王皇后并不敢向皇帝发飙,因为她有难言之隐——承欢多年,她始终无法生下一男半女。王皇后派人偷偷打听清楚武则天的底细之后,向自己的母亲魏国夫人柳氏哭诉了一番。

魏国夫人柳氏劝慰皇后,让她索性成全了皇帝,将那个女尼接进宫来,借此打击萧淑妃的气焰。王皇后没什么城府和心计,她觉得母亲言之有理,便下旨到感业寺,命武则天蓄发。

永徽二年(公元651年)七月,李治服丧期满。王皇后主动向李治提出,有事要与他商量。当时的李治正沉浸在对武则天的苦苦思恋中不能自拔,听到皇后相邀,他毫无兴致,本想拒绝,但是最终还是给了皇后一个面子。见面之后,王皇后先屏退左右,接着拐弯抹角地寒暄了一番,这次她没再攻击萧淑妃,而是侧面提到了感业寺。

李治警觉起来,他立刻明白自己那点儿风流韵事已经被皇后掌握,他反感而惶恐地等待着皇后的发作。出乎李治意料,在他眼中争风吃醋、心胸狭窄的王皇后居然主动提出将武则天接进后宫,一来慰藉李治相思之苦,二来由皇后出面也足以堵住天下悠悠众口。

李治喜出望外,他正为武则天回宫之事大伤脑筋,见皇后如此宽容识大体,不由自责过去错怪了皇后。作为报答,当晚李治主动留宿在中宫,陪皇后春风一度。只是,皇后实在太过乏味,李治勉为其难行过周公之礼,心中暗想:媚娘,朕这一切可都是为了你。

应该说,魏国夫人柳氏是个颇有计谋之人。她以为武则天承王皇后之恩进宫,未来一定会对皇后感恩戴德,且武则天出身不高,又是先帝的才人,不可能得到位分,根本不是皇后的对手。而萧淑妃与皇后各方面旗鼓相当,才是目前的劲敌。只是,柳氏低估了武则天。

武则天再次入宫已经28岁,她从基层的宫女做起,留在中宫侍奉皇后。红颜弹指老,刹那芳华。从表面上来看,武则天14年的光阴虚度,一夜回到解放前。但是,这14年的历练,带给武则天一生一世都享受不尽的宝贵财富,她学会了洞悉人心、趋利避害,懂得忍辱负重、委曲求全,明白如何投其所好、获取圣眷。

此刻的王皇后并不知道,她的自作聪明将为整个王氏家族引来一个掘墓人。

事实上,武则天奉旨回宫之初,对王皇后并无敌意,相反她心里充满感激。她明白,若不是皇后懿旨,她的回宫之路断不会如此一帆风顺。因此,武则天主动叩谢王皇后,尽心侍奉于她,还提醒李治多多关怀皇后。

然而,高贵骄傲的王皇后却无甚涵养。她虽然勉为其难将武则

天接回宫中，内心深处却对这个分走皇帝宠爱的先帝的才人充满怨恨。在武则天向她叩谢之际，王皇后故意拿足架子，默不作声地让武则天长跪于面前。

眼前的武则天年近30，虽说芳华正盛、容颜依旧，但是少女的娇嫩和青葱气息早就荡然无存，眉目之间多了几分沧桑。眼下，武则天低眉顺眼，卑躬屈膝，匍匐在地，全然不见狐媚骄矜之色，这样的表现让王皇后觉得心满意足，怨气也逐渐平息了几分，她装模作样地训诫了几句，挥挥手，让武则天起身。

武则天装作不敢，热泪盈眶地向皇后述说感激之情，表示愿为皇后肝脑涂地。王皇后更加满意，亲手扶她起来，并且赐给她一些服饰和生活用品。武则天小心翼翼，无不顺从。

李治心系武则天，一下朝便匆匆赶到中宫，见皇后和武则天相处甚欢，不由暗暗松了口气。

王皇后见李治前来，非常高兴，急忙传膳。李治不忍拂皇后的兴致，又感激她接回武则天，便答应留下来吃饭。席间，武则天以宫女自居，站立于一侧，不停地为帝后二人布菜倒酒。

李治不忍，令她坐下同食。皇后很不高兴，嘴上却只得顺应皇帝，假装邀请武则天同坐。武则天坚决不从，表示为帝后二人服务已是天大的荣幸，不敢有非分之想。

王皇后见李治对武则天关爱有加，故意在席间提起武则天曾是先帝才人的往事。武则天情知皇后故意折辱于她，却依然不动声色。

小不忍则乱大谋，王皇后不明白。对于坐惯冷板凳的武则天来说，喜怒不形于色是基本的素质。不过，今日王皇后的表现极大地刺激到了武则天，令她对王皇后的感激之意一扫而空。她告诫自己要记得今日之辱,要发愤图强,凌驾于后宫任何人之上,这样才配拥有自尊,才不会任人践踏。而眼下,武则天羽翼未丰,她只能谨小慎微、忍辱负重,这样才能在危机四伏的后宫生存下去。

在武则天初进宫的时日,皇帝比较注意舆论,等到天黑或是无人之际才偷偷闪进她的住处。随着时间流逝,他再也不愿偷偷摸摸,开始光明正大地宠幸武则天。

从感业寺回宫伊始,武则天对生活环境的变化基本满意。随着皇帝的专宠和随之而来的身孕,武则天开始滋生出新的欲望,期望有更好的出路。

对武则天来说,皇帝的宠幸是最有利的武器。她在宫中资历尚浅,需要时间来站稳脚跟,皇帝是她最大的靠山,长久博得他的欢心最为重要。因此,她事事都为皇帝着想,站在他的角度说话,时时刻刻揣测圣意,令皇帝对她爱不释手。李治须臾不见武则天,就想得慌,几乎时时刻刻要她陪伴在侧。于是,常常出现这样的情景:两仪殿内,李治正辛勤地批阅奏章,武则天伴随在他身旁,一边帮他倒茶打扇,一边就一些国家大事发表自己的看法。

即便获得圣眷,武则天依然注意与皇后搞好关系。她深深明白,虽说皇帝可以直接决定自己的命运,但皇后负责管理后宫,若是没有皇后的支持,自己的升迁便会困难得多。况且,武则天是以宫女身份被皇后召进后宫,起初,她只得住在皇后的宫苑内。虽然当时武则天已频频得宠,却并不恃宠生娇,她任劳任怨地侍奉皇后,百般忍耐、迁就,求得皇后欢心。无论皇后如何羞辱于她,她都绝不反驳,并且经常在皇后耳边表达自己的感激之意,以此来麻痹皇后,令她放松警惕。

　　时间一长，皇后和柳氏夫人果然上当，而李治更是认为武则天性情温顺，善良宽厚，对她更为厚爱。

　　武则天还十分注意与宫女太监们的融洽相处。对王皇后和萧淑妃的宫人，她更是百般笼络。武则天将皇帝的赏赐都用来收买人心，并且重点结交那些被皇后和淑妃冷落的宫人。这个群体为了报答武则天的恩德，便常将自己主子的动静报告武则天。所谓"知己知彼，百战百胜"，武则天在后宫的人际关系好得出奇，一个隐形的情报关系网被她逐渐编织起来。

　　很快，武则天的感情投资收到了回报，后宫上下对她的评价都非常高。皇帝大喜，立刻封武则天为九嫔之首——妃位以下的"昭仪"。不久，又传出了武昭仪怀孕的喜讯。

　　这是武则天第一次怀孕，尽管孕期反应严重，令她非常不适，但她依然欣喜若狂。因为，拥有皇子公主的宫人，即使地位低下，生存也有基本的保障，至少，不会再回到感业寺那个人间地狱中去。很快，皇帝单独拨给武则天一个豪华的宫苑，武则天搬出了皇后的寝宫。

　　直到这个时候，王皇后才追悔莫及。她没有料到，青春不再的武则天居然有如此魅力，几乎独占了皇帝的全部宠爱，并且在最短时间内得到火箭式的提拔。

　　武则天从王皇后处搬走之后，皇帝便很少踏足中宫。王皇后这才看清楚自己真实的处境，她不过空有一个皇后的名分，与那些被打入冷宫的女人们并无多大区别。借助武则天打垮萧淑妃的目的已经达到，可是，没有子嗣的皇后，将来的下场未必比得上儿女成群的萧淑妃。如今，武则天已经怀孕，若是再生下皇子，她这个无所出的皇后恐怕得卷铺盖滚蛋了。不能这样坐以待毙，王皇后决定赶紧找自己的娘家人想想办法。

王皇后的舅父柳奭时任中书令，与长孙无忌一党交好。对于武昭仪宠冠后宫的风声，柳奭等人早有耳闻。事实上，长孙无忌、褚遂良、韩瑗、于志宁都属于关陇贵族集团，一荣俱荣，一损俱损。为维护自身的既得利益和荣华富贵，他们必须保住王皇后的中宫之位稳固不倒。

长孙一派商议的结果是，由王皇后出面将李治的长子李忠收养，再以皇后义子的身份立李忠为太子。李忠为宫女刘氏所生，在宫中无所倚仗，且性情忠厚、木讷内向，正好为皇后所用。长孙无忌等人在几年前就曾经上奏此事，只是未获批准。如今，柳奭出面提议不太合适，就由几位元老重臣出马。

立李忠为太子这件事办得一帆风顺。几位老臣在朝堂上一提议，满朝文武纷纷响应，没有主见的李治见状只好应允。于是，永徽三年（公元652年），赶在武则天生下长子李弘之前，陈王李忠被立为太子。王皇后和长孙一族无不弹冠相庆，认为王皇后中宫之位从此稳若磐石，萧淑妃、武则天之流再也无法与之分庭抗礼。

事后，武则天委婉地询问李治，立李忠为太子之事，为何她事先不知情。李治十分抱歉，解释说朝臣们突然动议，且呈一边倒的趋势，自己也是措手不及。

武则天一听，立即感到皇后一族势力强大，立太子如此重大之事，自己居然事先毫不知情。如今，自己根本不是皇后对手，又即将临盆，万一皇后有所行动，自己在劫难逃。于是，她决定放下身段前去拜见皇后，一方面，主动告知自己怀孕的消息，既是遵循宫

中礼仪又表示对其尊重；另一方面，她知道皇后无甚城府，主动示弱能让皇后减少对她的敌意，为自己赢得一段相对安全的时间。在此期间，武则天可以稍事喘息，根据形势调整策略，谋求下一步计划。

见武则天挺着大肚子前来拜见，皇后的脸色并不好看。不过，武则天几句好话软话一说，皇后的态度便缓和了不少。不过，皇后还是严肃地训诫武则天，要她日后别再去两仪殿，以免被人指责后宫干政。武则天唯唯应下，又稍坐了一会儿，才小心告退。

生下皇子李弘之前，武则天一面稳住皇后，一面加大结交拉拢宫人的力度，力求对后宫的风吹草动都了然于心。武则天的政治手腕在这次风波中初露端倪，事实证明，她的做法完全正确。试想武则天怀孕这样一件顺理成章的小事，居然引起朝廷如此震动，出动长孙一派的力量来与之抗衡，可见，她与王皇后、萧淑妃的角逐之势已开始明朗化。

第五章 武昭仪立威的第一把火

永徽四年（公元653年）元月，武则天的长子李弘呱呱坠地。望着襁褓中嗷嗷待哺的儿子，武则天心情复杂。虽然她已晋位昭仪，也生下皇子，但是她在后宫的生存环境依然险恶，升迁速度越快、地位越是显赫，越发容易成为众矢之的，除非有朝一日她能主宰自己的命运，才能避免被颠覆的隐患。为了赢得相对宽松的生存环境，武则天对待宫人越发谦恭、友善。在长子满月之后，她立刻恢复了向皇后请安的习惯，并且从不在皇后面前提起自己的儿子，以免伤到皇后。

可是，武则天的谦恭退让并未平息王皇后对她的怨愤。在后宫，任何女人的得宠对夜夜独守空房的王皇后来说都是一种极大的刺激，所以，无论武则天如何忍让，王皇后始终对她冷嘲热讽，极尽侮辱之能事。

不过，武则天产子之后，李治对她愈发宠爱，而她自觉胆气壮了不少，想法也发生了变化。这直接反映在对自己目前身份的不满。

唐初后宫继承并发展了过去三妃、九嫔、二十七世妇、八十一御女的制度，皇后以下有四妃、九嫔、婕妤、美人、才人和宝林。当时，四妃已经满员，角逐皇后还不到时候。于是，武则天趁热打铁提出，在四妃以上增加宸妃的编制，比四妃更为尊贵。宸代表帝王之住所，若是能被封为宸妃，便离皇后宝座更近了一步。另外，武则天又向

李治提出，将儿子李弘封为代王。李治有点犹豫，嗫嚅着说，这些事情要跟朝臣们商议。

无论如何，先要过王皇后这一关，可当李治小心翼翼地提起这个话题，王皇后便不满地发作道："区区一个先皇的弃妇、感业寺的尼姑，岁数比皇帝您还大，居然仗着生了儿子就想封妃，简直痴心妄想。"

皇帝碰了一鼻子灰，没有面目回去面对武昭仪，便到两仪殿处理政事。此时，长孙无忌匆匆上奏，说是驸马房遗爱、薛万彻、柴令武、高阳公主和巴陵公主谋反。李治吓了一跳，出于对长孙无忌的信任，李治将此事交给长孙无忌全权处理。永徽四年（公元653年）二月，长孙无忌将此案牵涉到的几位皇亲全都杀死，又借此机会诛杀荆王李元景、吴王李恪。事实上，李恪并未参与谋反，但他与长孙无忌素有仇怨。当年，唐太宗李世民见李治仁厚软弱，想要废掉他的太子之位，改立吴王李恪，在长孙无忌的力争下，才作罢。如此一来，李恪和长孙无忌结下了梁子。因此，长孙无忌趁此机会将李恪等人一网打尽。

原本，李治不愿骨肉相残，赐死李元景和李恪，但是长孙无忌执意如此，断然下令行刑。尽管长孙无忌向李治解释，如此是为了社稷着想，为了帝位安稳，但国舅此次的独断专行、心狠手辣还是在李治心里投下了阴影。

武则天趁机要李治向长孙无忌提出封她为"宸妃"一事，她认为长孙无忌在谋反案件的处理上愧对李治，如今李治有所要求，谅长孙无忌不至于反对。果然，长孙无忌对立"宸妃"一事默默无语，但是宰相韩瑗和来济坚决反对。

外廷无人支持武则天，后宫也不安宁。失宠后的萧淑妃和王皇后结成了联盟，一起算计武则天。两人不断在后宫散播谣言，抓住武则天长子李弘并未足月生产这个由头，污蔑李弘并非皇帝亲生。李治耳根软，对这个流言将信将疑，对待武则天的态度也大不如前。此时，武则天再次怀孕。她一边用重金笼络接生婆，以应付皇帝的查问，一边借助腹中的孩子，大打感情牌，借此挽回皇帝的温情。同时，身为昭仪的武则天恳求皇帝将母亲杨氏和守寡在家的姐姐贺兰夫人接到身边陪伴自己。

自从14岁进宫之后，武则天再没机会见过母亲。亲人们的陪伴，令内外交困的武则天得到了极大的安慰。出身高贵又颇有政治头脑的杨氏成为了武则天在后宫中最为有力的帮手。至于姐姐贺兰夫人，武则天非常同情她的遭遇，她愿意和姐姐一起分享眼下的荣华富贵。

然而，贺兰夫人并不理解武则天的好意，在内心深处，她甚至十分嫉妒妹妹的境遇。不过，皇宫的生活令贺兰夫人十分愉悦，她每日打扮得花枝招展在后宫游荡，一旦有机会见到妹夫李治，便会装出一副楚楚可怜的样子，博取李治的同情和关爱。对此，武则天一开始毫无戒备，直到她的情报网明确告诉她李治与姐姐暗渡陈仓的事实，她才不得不接受现实。

面对王皇后之流敌人的倾轧，武则天愈挫愈勇，然而亲人的背叛却宛若一把尖刀插进她的心脏，她痛楚难当又无法发作。武则天不明白，姐姐为何不能体谅自己的艰辛和不易？为何要破坏自己与皇帝好不容易构建起来的情感世界？如果妹妹失宠，难道姐姐就能够顺利在后宫生存下去？就能够保住今天的富贵荣华？

事到如今，武则天反而冷静下来。忍字头上一把刀，她告诫

自己不可意气用事,她无法改变姐姐的自私冷酷、目光短浅,也不能责怪李治花心薄幸、姐妹通吃,毕竟,武则天长远目标的实现只能依赖皇帝。所以,武则天唯有选择装傻充愣,佯作不知。自始至终,她都对李治和姐姐保持着友善关爱的态度,反倒令他俩自觉心中有愧。

不久之后,武则天的长女出世,小公主玉雪可爱、美若天仙,李治简直爱不释手。武则天借机向皇帝哭诉王皇后和萧淑妃对她的侮辱。但是,李治对此有些反感,言语之间责怪武则天为何不能与其他嫔妃和睦相处。

事实上,李治对于妃嫔间的争斗无计可施。虽然他爱惜武则天,对王皇后和萧淑妃也未必存有多少好感,但是后宫的女人个个都有家世背景,后宫的一切与前朝息息相关。作为一个皇帝,他肯定将社稷安稳放在第一位,不可能太感情用事。

武则天很快看清了自己目前的处境。李治这种和稀泥的态度,对于在外廷毫无援引的她来说非常不利。皇后等人背景强大,难以撼动,而武则天唯一的依靠就是皇帝。皇帝却是最不可靠的人。朝秦暮楚、见异思迁乃常事,且看萧淑妃就是前车之鉴。那么,难道就此下去任人宰割?这绝不符合武则天的性格,她低下头看着襁褓中花朵一般的小公主,紧紧地咬住了嘴唇,她终于下定决心要扳倒王皇后。

经过深思熟虑,武则天开始为自己的计划做准备。

她与王皇后恢复邦交,主动示好,迷惑皇后。同时,她运用她多年来精心编织的情报网探听王皇后每日的起居和行踪,从中寻找破绽。然而,王皇后是受封建礼教的熏陶长大,循规蹈矩、无懈可击。

第五章 武昭仪立威的第一把火

武则天有点急了，目前胶着的状态如果继续下去，很可能会有新人出现，分去自己的恩宠。到了那个时候，王皇后对付自己就易如反掌。罢了，武则天横下一条心，决定放手做最后的抗争。

武则天精心策划了很久，只等王皇后入彀。

这天，武则天早就从皇后的宫女处得知王皇后会来探望小公主，而她自己却以去见皇帝为托辞，制造一个不在场证明。王皇后进入武则天居住的翠微殿，发觉只有宫女在照顾孩子，便随便抱了抱孩子，留下礼物就离开了。

武则天掐准时间，假托为李治准备膳食，先走一步，要李治稍后前来看望公主，李治不知有诈，欣然同意。一回到寝宫，武则天赶紧支走宫女，颤抖着双手将女儿扼死，用被子盖上，接着，她镇定自若地出门迎接皇帝。李治兴高采烈地上前探视女儿，武则天按捺着怦怦乱跳的心房，假作完全不知情。

看到女儿的惨状，李治勃然大怒，武则天号啕大哭，当即晕倒在地。宫女们吓得赶紧跪倒，纷纷禀报说，刚才王皇后来看过小公主。盛怒中的李治不假思索地断定，是王皇后杀了小公主。

武则天短暂休克醒来之后，一直泪雨滂沱、哀泣不断，又几度昏厥，充分展现出一个心碎的母亲对女儿之死的伤痛欲绝。这并不是作伪，而是一个母亲目睹女儿死状的真实反应。或许有人会问，早知今日何必当初？

一代女皇的心路无法用常人的思维来理解，十几年来的冷遇和折磨已经泯灭了她作为一个女人的正常情感和逻辑思维。立李忠为太子的事件，正式拉开了她与王萧二人所代表的派系的斗争。王皇后根基深厚，又与皇帝多年夫妻，若不使出非常手段，他们的关系

几乎牢不可破。虽然，武则天以自己的退让争取到一定时间的缓冲，但这种胶着状态不会持续太久，一旦对方有所行动，她毫无还手之力。武则天清楚，自己宠冠后宫的同时，也树敌无数。即使王皇后不出手，她一旦失宠，暗箭自会从四面八方射来。

古往今来，职场都是残酷的，但是现代职场中"此处不留爷自有留爷处""东家不做做西家""条条大路通罗马"的规则在后宫这个特殊的职场并不适用。后宫的晋升之路是一条单行道，一将功成万骨枯，不是你死就是我亡。

武则天非常清楚，若是自己倒台，也会给家族带来灭顶之灾。李治根本保护不了她的儿女，李弘一定首当其冲受害，母亲杨氏和姐姐等所有的亲人都会像老鼠一样死去。

就这个事件来说，若一味指责武则天心狠手辣、冷酷无情并不公平。虎毒不食子，作为母亲，情商极高的武则天并不愿意以牺牲女儿为代价来换取生存的权利和阶段性的胜利，但是，两害相权取其轻，褴褓中的女儿和自己乃至全族的身家性命相比，毕竟显得微不足道。因此，尽管她一度犹豫，但事到临头绝不会手软，并且，在心理上，她理所当然地把这笔血债记在王皇后的身上。当然，武则天不可能对自己亲生女儿的死无动于衷。除了常常为她祈祷，还在当上皇后之后，追封那个早夭的小女婴为安定公主，谥号为"思"，并且举行隆重的葬礼。同时，武则天加倍疼爱太平公主，这些无不可以看成是她赎罪的表现。

事实证明，武则天此次孤注一掷、嫁祸于人的做法成功离间了王皇后和皇帝李治之间的关系。只是，在对王皇后的处罚上，武则天并不满意。李治虽然不再见皇后，也不许皇后与其他嫔妃交往，并时常流露出废后之意，却还未下定决心。

在小公主去世之后很长一段时日中，武则天都郁郁寡欢，她憎恨王皇后，却并未将此宣之于口。因为她发觉，义愤填膺、慷慨激昂的皇帝李治不过是发泄一时之气罢了，根本不懂把握全局和时机。对皇后的处理，武则天尽管不满，却也不敢再置一词。她很清楚，若是常在李治耳边聒噪，难保他不生厌烦之意。唯有充分展示自己的宽厚温柔，才能紧紧抓住皇帝的心。反正，堤内损失堤外补，她自有办法求得平衡。她加紧部署，计划在一两年之内，彻底铲除王皇后和她的家族势力。

首先，武则天趁此机会，搬到了李治所在的长生殿居住，李治稍有微词，她便哭得梨花带雨，说留在翠微殿睹物思人、徒然伤心，又借口害怕独居寝宫遭到王皇后暗算。李治闻此只得应允。如此一来，李治有大量的时间与武则天一起共同生活，武则天得以充分展现她成熟妩媚的女性魅力。同时她对王皇后所持的宽容姿态，也令李治感动万分。他受够了后宫妃嫔之间纷扰繁杂的矛盾斗殴，而武则天在丧女之后展现出的顾全大局的"高风亮节"，更增加了高宗对其的重视和怜爱。为了回报武则天，高宗李治在此期间对她体贴入微、言听计从，坚定了立她为后的想法。

与此同时，武则天再次怀孕了。对皇帝的心理动态，武则天掌握得一清二楚，她乘胜追击，要求皇帝将自己哥哥武元庆封为宗正少卿，武元爽封为少府少监，武惟良为司卫少卿。为了安慰武则天的丧女之痛，也为表达对武则天再度怀孕的欣喜，李治对她的要求无不应允，甚至还追封武士彟为并州都督。

后宫的风波影响到了前朝。王皇后的舅舅柳奭坐立不安，自动

请辞,不再担任宰相之位。如此明显的一升一降,大大提高了武则天在朝野上下的威信,就连长孙无忌也感到了她的威胁。近来很多国家大事,皇帝都自作主张,不再找他商议。这些信号,无不显示出皇帝意欲废王皇后、改立武则天为后的意图。皇帝有几斤几两,长孙无忌再清楚不过,这一切一定是武则天在幕后操纵。

武则天加紧了向皇后宝座迈进的步伐,她从未如此急切地渴望得到这个位置,因为,她感到自己开始衰老。对着熟悉的铜镜,无论她如何努力打扮得千娇百媚、光彩照人,岁月的痕迹不可避免地在她脸颊上留下痕迹。自再次进宫以来,她虽已经竭尽全力,却依然在昭仪的位置上原地踏步,再难有所进步。

所幸,这几年间李治几乎专宠武则天一人。当然,李治一定偷偷有过别的女人,但是这些女人都不明不白地失去了踪影,她们的消失变成飘忽在那几页宫廷秘闻中语焉不详的片段。

皇帝专宠武则天的最大收获是,她生下一堆天真烂漫的儿女。公元655年1月,次子李贤降生。公元656年11月三子李显出世;公元662年6月再添四子李旦;公元665年,小女儿太平公主来到人间。这些自当后话。尽享天伦之乐,这并不是武则天的终极目标。她很清楚,一旦青春消逝、人老色衰,皇帝对她的支持也会大打折扣。所以,她必须好好把握当下的机会。

柳奭已被罢相,一切都按着武则天的计划进行。下一步武则天打算争取长孙无忌对自己的支持。

永徽五年(公元654年)七月,皇帝李治和武昭仪带着十几驾马车的礼物来到长孙无忌府中,意在拉拢国舅。

在为人处世方面,李治远远比不上武则天。因此,在前去长孙

第五章 武昭仪立威的第一把火

府之前,武则天先对李治辅导了一番,教他到时应该如何应对。

皇帝的微服私访,令长孙府上下受宠若惊。他们立即备好酒宴和歌舞接待皇帝和武昭仪。李治再三表示,这只是家人的聚会,但长孙无忌在政治上可是行家老手,对他们的来意心知肚明。所以,长孙无忌外表恭敬地接待了李治和武则天,交谈中却总是顾左右而言他。

长孙无忌作为元老重臣、朝廷宰相,他的注意力向来只放在军政大事之上。但是后宫争斗不可轻视,在废后之事中,武昭仪的能量令长孙无忌悚然心惊。不过,在他看来,无论武则天有多少能耐,也不过是先帝的才人、感业寺的女尼,一个出身低贱、不值一提的贱妾。这样的女人如何能够母仪天下?老谋深算的长孙无忌忽略了皇帝李治这几年的心理变化,也低估了武则天的政治智慧和对皇帝的影响力。其实,胜负已定,只是他一叶障目罢了。

李治按照原计划先兜个圈子问候长孙的儿子们。长孙无忌有很多儿子,除了3个庶出的儿子,其他基本都有官职。

李治一拍大腿,朕的表弟怎可赋闲在家,马上表态封3个庶子为从五品朝散大夫。在唐朝,五品以上就是高官,可以世袭,且全家免除赋税。李治为了武则天对长孙家可谓特别关照。长孙急忙离席,与3个庶子一起叩谢皇恩浩荡。李治封官之后,自觉有了底气,就开始拐弯抹角地接近主题,提出"不孝有三,无后为大",王皇后没有儿子,武昭仪却有。然后,就等着国舅表态。谁知,长孙除了向皇帝和武昭仪贺喜之外,毫无表示。

李治还不死心,让人把带来的礼物抬上来,满满当当地摆了一个客厅。李治眼巴巴地望着长孙无忌,心想,这下你总该明白朕的意思了吧。可是,长孙无忌依然不接招。无奈之下,李治只好悻悻

043

地带着武昭仪打道回宫。

回到宫中，武则天的母亲杨氏听了事情的经过，自告奋勇去长孙府充当说客。她认为武士彟与长孙无忌曾经有点交情，若是她出面，长孙无忌也许会给面子。武则天觉得此事可行。经过母亲一提醒，她又想起了一个人，此人就是未来"拥武派"的核心人物之一，现任卫尉卿的许敬宗。

杨氏认为，许敬宗人微言轻，或许无法起到什么作用。武则天咬牙切齿地说，如果许敬宗支持她当皇后，她必定要皇帝恢复他礼部尚书的位子，让朝野上下看看，到底是谁说了算。但是，无论是杨氏还是许敬宗，都在长孙无忌那里碰了一鼻子灰。

这三次挫折，让武则天彻底丢掉了试图拉拢长孙无忌的幻想，也让她明白，像长孙无忌这样根深蒂固的世家望族根本看不上她给予的一点点小恩小惠。她想要爬上高位，必须想办法把长孙一族彻底扳倒。可是，长孙一系盘根错节，在朝堂上一呼百应，扳倒他可不是件容易的事情。

苦思冥想多日，武则天有了主意，既然正路走不通，那就从外围着手。长孙无忌为人独断专行，在朝廷中必然有对立面，就从这些人身上下手，逐步将长孙无忌孤立，再施以重击，不愁大事不成。至于王皇后，还得加大打击力度，让她再也无法兴风作浪。

尽管拉拢长孙无忌失败，但是武则天却有了一个意外的收获，那就是皇帝李治的坚定支持。李治已经不再是刚刚继位时那个战战兢兢、凡事都需要依赖国舅的青涩少年，随着皇帝本人年龄的增长以及对国事处理的逐渐纯熟，李治的自我意识不断增强，对皇权的掌控欲也日益增长。他对长孙无忌的不满由来已久，之所以容忍至今，一是自己羽翼未丰，二是碍着国舅的面子不忍苛责，三是国舅做事向来打着为国为民的旗号。从前，李治对此从不怀疑，但高阳公主谋反案等事件的出现，令李治对国舅的信任发生了动摇。随着时间的推移和形势的变化，李治愈发看清一点，国舅的所作所为无不以长孙一派的利益为出发点，即使是扶持李治继位，亦是基于自身利益考虑。这样一来，李治对长孙无忌的信任大打折扣。

　　驾临长孙府却无功而返，更加深了李治与长孙无忌之间的隔阂。对李治来说，长孙府之行简直是奇耻大辱。堂堂天子放低身段百般讨好一个臣子，臣子却依然不给面子，这置天子的尊严于何地？因此，皇帝李治坚定地站到了武则天这个阵营，而单纯的废立皇后事件也逐渐演变为天子与元老重臣争夺皇权的政治斗争。

　　在这种形势下，王皇后的母亲柳氏坐不住了，频频进宫探望女儿，她见到女儿原本美丽的容颜日益衰败，丰腴的身材也消瘦了不少，不由心痛不已。柳氏大骂武则天不是东西，自责引狼入室、引火烧身。

　　柳氏比起王皇后，虽在谋略上稍胜一筹，但只有小聪明，没有大智慧。她为王皇后出了个主意，用厌胜之术诅咒武则天。何谓厌胜之术？说白了就是巫术。将武则天的生辰八字写在一个人偶上，然后用银针狠扎，姑且不论这种巫术有没有科学依据，至少也能发泄施术者心中的仇恨，算是一种心理疗法吧。不过，在皇宫大内，厌胜之术是被明令禁止的，若是被发现，可是灭顶之灾。但是，被仇恨蒙蔽了双眼的王皇后已经顾不得这些了，她依从了母亲。当巫师作法时，王皇后仿佛看到了武则天痛苦万分的惨状，感到十分解气，情绪果然得到了纾解。

　　王皇后这厢正暗自得意，殊不知她们的一举一动早被密切监视。

武则天正愁抓不到王皇后的把柄，如今王皇后自动授人以柄。武则天哪里肯放过这样的大好机会？她赶紧向皇帝禀报，得到圣旨之后，武则天派人火速去皇后寝宫内搜索。

皇后母女正咬牙切齿殷殷期盼诅咒生效，太监们突袭中宫，将皇后等人抓了个正着。王皇后端着架子坐在寝宫中间，大声叱责眼前穷凶极恶的太监们："你们吃了熊心豹子胆，居然敢冒犯皇后！是谁派你们来的？我要禀告皇上。"太监们幸灾乐祸地举着搜到的证物顶撞皇后，皇后知道大限来临，索性毫无畏惧。太监们被皇后的威严镇住，反倒不敢造次，只得悻悻回宫向皇帝禀报。

此事发生在永徽六年（公元655年）六月，事发之后，李治还是没有如武则天所愿置王皇后于死地，他只是禁止王皇后之母魏国夫人入宫，又将王皇后的舅舅柳奭贬为遂州刺史，中途又以莫须有的罪名将他贬为荣州刺史。至此，王皇后和家族的联系被完全切断，她陷入孤立无援的境地。

收拾了王皇后一党，武则天开始将眼光放远延伸到外廷。在一次次晋升的失败中，武则天深深意识到了外廷的重要性。后宫中的一切都与外廷紧密相连，如果没有外廷的支持，她永远也无法到达理想中的高度。可是，父亲武士彟早逝，武则天在外廷毫无根基，而短时间内也无法组织起可以与长孙一派抗衡的力量。思来想去，她决定从熟悉的许敬宗入手，先争取一点舆论声援，为自己扩大声势。

说起许敬宗，也是名人一个。他是杭州人，父亲许善心曾为前朝礼部侍郎。许敬宗从小颇有文名，在隋朝官至从六品，属中书省。隋朝末年，天下大乱。宇文化及在江都杀死许善心之后，又想杀死许敬宗，许敬宗匍匐在地苦苦哀求杀父仇人，终于捡回一条性命。

之后，许敬宗发现跟着宇文化及不会有前途，又跑去投奔瓦岗寨李密。李唐王朝建立时，许敬宗是功臣又有文采，入选十八学士之一，与杜如晦、房玄龄、于志宁、虞世南等人并列，风光无限。到唐高宗李治时代，许敬宗升至礼部尚书。因被人举报为了丰厚的彩礼将亲生女儿许配给"蛮夷"首领冯盎之子，许敬宗被贬为郑州刺史。过了两年，他才回到京城任职卫尉卿。

此时许敬宗已年过六旬，但依然跃跃欲试，期望再升一级。无奈，长孙无忌对他鄙夷至极，处处打压，这令他对长孙一派非常反感。表面上，许敬宗对长孙无忌卑躬屈膝，暗地里，他一直在盘算如何绕过长孙元忌，寻找出路。上一次，武则天之母杨氏上门求助，许敬宗硬着头皮前去长孙府游说，碰壁而归，更加深了他对长孙无忌的愤恨。

不过，武昭仪已经向许敬宗抛来橄榄枝，他明白机会来了。许敬宗开出了一个名单，名单上均是受到长孙一族打压的对象，他的外甥王德俭和同僚李义府、御史大夫崔义玄等都在名单之上。

许敬宗的外甥王德俭素来诡计多端。听许敬宗将武昭仪的意思一说，王德俭认为是个天大的好机会。不过，事关重大，甥舅双方不宜当出头鸟，需要找一个替死鬼。思来想去，王德俭锁定了自己的同僚李义府。

这个李义府又是怎样一个角色呢？他是中书令来济手下的中书舍人，自负才高，却一直郁郁不得志。近来，他因得罪了长孙无忌被贬为壁州司马，调令还未发出，已知情的他已经愁得像热锅上的蚂蚁，急忙找王德俭想办法。王德俭凭着三寸不烂之舌，劝说他出面上疏给皇帝，废王皇后立武昭仪为皇后。

李义府可不是盏省油的灯，他虽认为这个主意不错，但是顾虑废立皇后兹事体大，弄不好会遭后世唾骂。

王德俭取笑他迂腐："武昭仪如今风头正健。王皇后失宠，柳奭已被罢相，即使你不上疏，武氏当上皇后也是迟早的事。"

李义府一想有理，但总觉哪里不妥，便又质问王德俭："既然是如此好事，为何你不亲自上疏？"

王德俭故作生气道："你李义府都已被贬官，一旦上任，离京城那是山高水远，后会无期。我帮你想出这么个好主意，你反倒还怀疑于我，真是不识好人心。"

听王德俭这么一说，李义府倒是胆气大壮，心想：反正我已经被贬官，从此难有出头之日，还不如就此放手一搏，说不定搏出个前程也未可知。于是，李义府立刻回家，洋洋洒洒写好奏章，第二天一大早，他急匆匆进宫，找到负责给皇帝上传奏章的内侍太监，塞了几许金子，千叮咛万嘱咐，要他赶紧把奏章递到皇帝手里。

这个太监是个实诚人，拿了人家的好处，就尽心为人家办事，想尽方法把奏章交到皇帝手里。皇帝一看，龙颜大悦，急忙召见李义府。事如人愿，李治不但让李义府继续担任中书舍人，还给了他不少赏赐。

李义府公开上疏立武昭仪为后之事，大大鼓舞了李治和武则天：外廷终于被打开了缺口，不再是铁板一块。

武则天马上要求李治恢复许敬宗礼部尚书的官职，提升拥武派大臣的职位，在朝臣中立一个榜样，才能有更多人前来追随。起初，李治还有些犹豫，害怕长孙无忌等人反对，但武则天大声鼓励他道："这江山都是你的。你才是皇帝，掌握天下生杀大权，提拔个官员这种小事根本无须与任何人商量。"李治这才鼓起勇气，下了圣旨。

圣旨一下，朝廷上下议论纷纷，长孙一派更是表示强烈的不满。但是李义府和王德俭等人，早已将事情的经过大肆渲染，制造出一种舆论——只要支持武昭仪，就能升官发财。此事也充分暴露出了皇帝与长孙一族的矛盾，这令那些受长孙一派打压以及持观望态度的官员纷纷倒向武昭仪这边，以求获取更大的政治利益。如此一来，一个以皇帝和武昭仪为后盾，许敬宗和李义府为核心的新政治派系就此建立起来。武昭仪的夺后之路终于露出了曙光。

在武昭仪争夺皇后宝座的过程中，支持者固然很多，但是反对派也为数不少，这个事件逐步成为当时的热点。而长安县令裴行俭则成为反对派中第一个被打压的官员。裴行俭是隋朝名将裴仁基之子，文武全才，长孙无忌非常欣赏他的才干，常常和他一起探讨军国大事。

御史中丞袁公瑜意外探听到长安县令裴行俭对长孙无忌说的私房话：如果皇帝改立武昭仪为皇后，国家就要遭殃了。于是，袁公瑜赶紧将这件事告知许敬宗等人。

大家纷纷建议借此机会上书弹劾长孙无忌一派。老谋深算的许敬宗认为，这样的小事无法撼动长孙一派，还不如将此事告知武昭仪的母亲杨氏，让她转告武则天，先拿裴行俭开刀，杀鸡儆猴。

第二天，圣旨传出，左迁裴行俭为西州都督府长史。这道诏书下得非常迅速，不经中书、门下两省，直接用"墨敕"，令长孙无忌看到了武则天的铁腕。

经过一系列部署，武则天在后宫打垮了王皇后，又在外廷建立了自己的势力，她认为摊牌的时机到了。于是，她要求李治再提立

后事宜。李治骨子里惧怕那些强势的元老，依然犹豫不决。武则天哭哭啼啼地搬出已故的小公主，并且例数自己和皇帝在长孙无忌面前所受的种种委屈。她说自己所有的忍耐都是为了李治、为了孩子，但是眼下，如果她不能顺利当上皇后，后宫会被长孙无忌把持，她和她的孩子连生存的权利都会被他们剥夺。更重要的是，长孙无忌自恃功高，干涉皇帝后宫，如果连后宫这最后的阵地都失守，将来，李治这个皇帝哪里还有容身之处。

武则天这番话合情合理、软硬兼施，可谓准确抓住了高宗李治的心理。李治被鼓动得热泪盈眶又豪情万丈，立刻同意召见几位大臣。

第二天退朝之后，李治宣四位宰相长孙无忌、李勣、于志宁和褚遂良入内殿议事。四人面面相觑，彼此皆明了皇帝此次宣召的含义。于是，他们开始商量对策。

褚遂良抢先表示："今天皇帝召见一定是为了改立武昭仪为后的事情。看来皇帝是铁了心了，如果不听他的可能会招来杀身之祸。太尉是皇帝的舅舅，司空是开国的功臣，不能让皇帝背上杀死舅舅和开国功臣的罪名，我是先帝任命的顾命大臣，如果我不以死抗争，以后到了地下没有面目见先帝。"

长孙无忌是反对派的头头，但是他听了褚遂良的表态却默默无语。

左仆射于志宁曾是废太子承乾的太子太师，李世民因他的人品学问俱佳，将他留下辅佐李治。于志宁一直谨小慎微，不愿卷入任何政治斗争当中。所以，对褚遂良的提议，于志宁保持沉默。

司空李勣一看苗头不对，立刻表示："我打仗落下的病痛犯了，

第五章 武昭仪立威的第一把火

先告辞回家休息,请几位代为向皇帝告假。"说完,李勣行了个礼转身走了。

走了就走了吧,强扭的瓜不甜。剩下三位宰相款款走进两仪殿。

事实上,在几位元老重臣进门之前,李治又打起了退堂鼓。想起即将要来的局面,他害怕得脸色苍白,浑身瑟瑟发抖。武则天暗叹:如此胆怯懦弱的皇帝如何能给她安全感,怎能不让她心寒?可是,为了孩子也为了自己的将来,她依然需要努力抗争。

为了预防皇帝反悔,武则天守在他身边,鼓励他不要害怕,武则天还向皇帝承诺:"皇上,臣妾不会走远。臣妾会躲在帘子后面陪着皇上一起应付那几个老家伙。您要记住,您才是真正的皇帝,皇帝的金口玉言才算数。"武则天的激励宛若一剂强心剂,令李治胆气大增。

3位宰相一进门,便觉察出气氛有些紧张。皇帝在龙椅上正襟危坐,帘子后面还坐着一个人,不用说,一定是武昭仪。一瞬间,长孙无忌有些许震撼,这武士彠的女儿究竟有什么能耐,居然令皇帝言听计从,不惜与朝廷元老重臣针锋相对。

不容长孙无忌多想,李治抢先开了金口,他这次直奔主题,说王皇后无子,武昭仪却有皇子,因此,他想改立武昭仪为皇后。

褚遂良迫不及待地打断李治,说了3层意思:"第一,王皇后出身名门望族,是先帝为陛下所娶。第二,王皇后很贤惠,没有失德之处,先皇病重时,曾将他的'佳儿佳妇'托付给老臣,陛下当时亲耳听到先帝如此说,怎么可以忘记呢?第三,皇后没有过失,恐怕不能废。臣不敢违背先帝的意愿而屈从于陛下。"

褚遂良这番话,除了对王皇后杀死小公主和实施厌胜之术两项

罪名装糊涂、避重就轻之外,几乎滴水不漏。由于皇后的两项过错并没有实质性的证据,而李治对她并未按照法律严惩,处罚范围也仅限于后宫,如今摆不上台面。因此,他找不到理由来反驳褚遂良,只能打落牙齿往肚里吞。当天,关于立后的第一轮斗法,李治和武则天输了。

第二天早朝后,李治按照武则天的要求,又将三位宰相传到两仪殿,而李勣干脆连早朝也未参加,告病在家休息。

这次李治不再以礼相待,单刀直入,重复了昨天的要求。

褚遂良却说:"如果皇帝真的不喜欢皇后,可以从天下的名门闺秀中再选,何必非要立武氏为后。武昭仪侍奉过先帝,天下人都知道,陛下怎么能够堵住天下的悠悠众口,千秋万代之后,天下的人又会怎么看待陛下呢?"

俗话说,骂人不揭短。褚遂良这番话真是哪壶不开提哪壶,把武昭仪侍奉过先帝的陈年旧事也抖搂出来。李治气得浑身颤抖,正想出言训斥褚遂良,褚遂良却将手中的笏板往地上一摔,咚咚咚磕起头来,把额头都磕出了鲜血,又抬起头含泪说:"陛下既然不听我的话,那么就让我告老还乡吧。"

褚遂良这一出唱得太过激烈,让高宗李治大为光火。自古只有"君要臣死臣不得不死",哪有大臣向皇帝发飙的,简直就是以下犯上。李治赶紧大叫来人,把褚遂良拉走。

正当殿前闹得不可开交之际,武昭仪怒不可遏地大喊一声:"何不扑杀此獠?""獠"是武则天山西家乡的土语,用来骂人,她情急之下露出了河东狮吼的本来面目,把大家吓了一跳。

长孙无忌比较冷静,赶紧为褚遂良求情,把他的性命先保了下来。褚遂良回到朝堂上涕泪齐下。这下，几个宰相和皇帝为了立后之事争执不下的消息，传遍了朝野，惊动了另一个宰相韩瑗。韩瑗按捺不住，也来插上一脚，他在第二天的早朝上说武昭仪野心勃勃，常常干政，若是立武昭仪为后，将会颠覆整个大唐。接着，另一位宰相也上疏反对。如此一来，整个宰相集团几乎都站在皇帝的对立面上。

李治闷闷不乐地回到后宫。他以为武则天定会为立后事件的不尽顺利生他的气，不料武则天对他的态度却是和风细雨。武则天以退为进，假装表示："宁愿不当皇后，也不愿皇上为难。"李治大为感动，马上表态，朕是铁了心要让你当皇后，只是这些朝臣太不给面子，都骑到皇帝的脖子上来了。

武则天不过是试探一下皇帝立她为后的决心，见李治如此坚决，她马上挑拨道："皇帝太过仁慈，所以这些大臣才敢无法无天，现在马上将带头挑事的褚遂良贬官，看谁还敢再支持长孙无忌。"武则天又提醒皇帝，有一位重量级人物还没有表态，这个人就是称病不上朝的李勣。

李勣原名徐世勣，字懋公，是三朝元老、开国功臣，同时又是一个军事家、政治家。与诸葛亮相提并论。因为战功显赫，唐太宗李世民赐徐世勣"李"姓，但李世勣名字中的"世"字冒犯太宗名讳，因此改名叫作"李勣"。当时，李勣依然活跃在政治舞台上，他的意见甚至可以代表军方的意见。

过了几天，李治终于等到李勣上朝。为了留出时间商议大事，皇帝提前退朝召见李勣，就"立后"之事，询问他的意见。李勣是山东寒族地主出身，不属于长孙无忌为首的关陇贵族集团，因此，

他保持中立的态度。对待李治的询问，李勣并没有直接回答，而是隐晦地说："此为陛下的家事，何必询问外人的意见？"

一语惊醒梦中人，有了李勣的表态，李治立刻觉得腰板硬了。很快，一纸诏书将褚遂良贬为潭州都督，令他远离朝堂。而许敬宗等人开始活跃起来，将李勣的言论作了粗俗浅显的注解，四处传播：一个乡巴佬要是多收了几斗麦子，还想赶走黄脸婆，换个新娘子，更何况坐拥江山的皇帝。皇上想立谁做皇后，关别人什么事。何必说三道四，自讨没趣。

褚遂良的贬谪、许敬宗等人的晋升和"拥武派"的这番言论，令多数大臣都对"立后"事件保持了沉默。于是，针对武则天立后这件事，朝廷分成3个派系，沉默的中间派占多数。

以长孙无忌为首的关陇贵族集团是反对派。他们与唐太宗李世民有着共同的渊源，祖上同属关陇八柱国。事实上，以任人唯贤著称的唐太宗，在晚年也依然倾向于与自己同气连枝的关陇集团，因此，他重用长孙无忌等人。唐高宗即位至武则天立后之前的宰相，于志宁、柳奭、宇文节、韩瑗、来济、崔敦礼均属关陇贵族集团成员，当然唯太尉长孙无忌马首是瞻。为了维护自身的既得利益，他们不断排除异己，染指皇权典型的例子就是立李忠为太子和力保王皇后。

而以许敬宗为主的出身较为低微的拥武派，正是从前被长孙一派打压的对象。拥武派官员一般都职位较低、怀才不遇，在长孙一派"一家独大"的环境中无法得到很好的发展。因此，他们渴望借助支持武则天登上后位，来改变朝廷的政治格局，谋求新的发展。

不知不觉就到了午膳时间，武则天提出以酒助兴，正在此时，宫女前来禀告，说萧淑妃酿了不少美酒，送给后宫各位娘娘尝尝，

第五章 武昭仪立威的第一把火

王皇后一人喝不完，便将一部分送来给皇上和武昭仪品尝。

李治睹酒思人，倒是有几分感伤。武则天却面若冰霜，她说这王皇后与萧淑妃向来不安好心，怎么会在这个节骨眼上给皇帝献酒，她要求太监先行品尝。这一喝不要紧，试酒的太监立刻七窍流血，中毒身亡。李治见状惊惧交加，立刻要着人把王皇后和萧淑妃押来审问，却被武则天拦下。她对皇帝说，这两个人施展阴谋诡计已经不是第一次，即使叫来审问，也问不出什么名堂，还是囚禁起来，免得再贻害后宫。李治长叹一声，挥手准奏。

永徽六年（公元655年）十月十二日，唐高宗李治下诏废后，诏书上说王皇后和萧淑妃企图以鸩酒害人，被废为庶人，她们的父母兄弟全部流放岭南，没收全部家产。同时，王皇后的父亲王仁的棺材被挖掘出来，劈成几大块，以免"叛乱余孽犹得为荫"。

王皇后和萧淑妃即刻被押往偏院，粗大的绳子横七竖八捆绑着这两位曾经的金枝玉叶、后宫之主，一群太监对她们推推搡搡，动辄打骂。一路上，目睹这个情景的宫人们无不胆寒凄恻。尽管这两个刻薄寡恩、仗势欺人的贵族女子罪有应得、无人同情，但是，往日尊贵无比的皇后淑妃尚且落得如此悲惨的下场，更何况浮萍一般无所依仗的普通宫人？兔死狐悲之感油然而生。

这个废后诏书下得非常迅捷，由于事前漫长的心理铺垫，唐高宗李治对于王萧二人的恻隐之心已消失殆尽，反倒觉得如释重负。许敬宗和李义府等人欢呼雀跃，武则天也松了一口气，同时又深感后怕。后宫之内的心腹大患终于铲除，她通往皇后的道路已经畅通无阻，可是，这个过程惊险万分，宛若悬崖上行走，一个疏忽便会粉身碎骨。若不是她步步为营，今天沦为阶下囚的就

会是她,而非王皇后。于是,她赶紧催促许敬宗,加快筹备立后事宜,以免夜长梦多。她向许敬宗提出了种种要求,如让百官上疏请命立她为后等。

如今,武则天已经是准皇后,又是许敬宗的新主子,她的要求,许敬宗怎敢怠慢。废后诏书一下,许敬宗立刻将李义府、崔义玄、袁公瑜和外甥王德俭等拥武派核心人物集聚一堂,将准皇后的命令如此这般一说,大家便开始马不停蹄地四处串联,游说文武百官联名上书拥立武昭仪为后。

都是朝廷中人,对目前的形势看得真真切切。因此,才不过几天工夫,李义府等人的游说已经取得了满意的效果。

永徽六年(公元655年)十月十八日,早朝刚一开始,许敬宗迫不及待地掏出百官签名的奏章,敬献给皇帝,要求拥立德才兼备的武昭仪为皇后。

长孙无忌长叹一声,深感大势已去。长孙无忌如何不明白,立武则天为后标志着自己政治生涯的终结,他几乎已经看到了不远处自己黯淡渺茫的结局。

皇帝十分高兴,赶紧回到内廷将这个好消息告诉武则天。李治惊喜地说:"想不到爱妃足不出宫,却在外廷有如此人缘,百官一旦集体上书提议立后,事情就好办多了。"他马上让太史令选一个好日子封后。

尽管武则天心中狂喜,却努力装出平淡的表情,但她的行为却暴露出她急不可耐的心情。武则天首先要求皇帝当天就下达立后的诏书,并告诉皇帝,太史令早就查过,十一月一日就是个好日子。

一切如她所愿,立后诏书当天就被颁布。这份诏书的正文分成三个部分，完整、系统地阐述了立武则天为皇后的理由，写得十分精彩。

第一，强调武则天出身高贵。武则天是国家功臣勋贵的后代，因才华横溢被选入后宫。这样的身份足以母仪天下。

第二，李治在当太子的时期，整天衣不解带在父皇唐太宗李世民的床边服侍。李世民见李治如此孝顺用心，就将在后宫表现良好的武则天赏赐给了李治。那么，李治立武则天为皇后也符合先帝的意思。

第三，当年汉宣帝看到太子刚刚死了心爱的司马良娣，就把身边的宫女王政君赏赐给了太子。王政君为太子生下儿子，太子继位后，王政君就被立为皇后。可见，立父皇赏赐的宫女为皇后这件事，在前朝是有先例的。

这篇精彩绝伦的诏书不啻一篇驳斥反武派的战斗檄文，它正是出自礼部尚书许敬宗之手。曾经怀才不遇、几度沉浮的许敬宗终于在武则天时代走上了大放异彩的康庄大道。

第六章　玩转宫廷阴谋的新皇后

永徽六年（公元655年）十一月一日，册封新皇后的大典在太极宫太极殿举行。在此之前，武则天屡次要求许敬宗，典礼要极尽庄严豪华之能事。她希望这个典礼轰动整个长安城，她要她的臣民对此毕生难忘，从而将对王皇后的记忆彻底湮没。

武则天还向李治提出要求，希望全权处理典礼事宜，以免李治兼顾朝政和后宫劳累过度。尽管李治十分钦佩武则天的才华，但对她是否具备独自操办国家盛典的能力依然心存疑虑。不过，李治原本就是得快活且快活的个性，既然武则天主动挑起重担，他乐得逍遥自在。

一旦接手典礼事宜，武则天立刻全心投入，她每天调遣人员、安排流程、设计装饰、修改仪式、确定嘉宾……处理各项事务，考虑各个细节，有条不紊。她的精力如此旺盛，一天工作结束回到高宗身边依然不显疲态。她不再跟高宗李治谈论有关服饰、文史甚至孩子们的话题，而是头头是道地分析对各类事件的处理方式。

高宗李治常常暗叹，武则天做事倒颇有太宗皇帝遗风，可惜是个女儿之身。此时，他真切怜惜和佩服身边这个女人，他看出她还有无限潜能可以发挥。目前，他有个棘手的问题需要武则天帮他处理，那就是如何处置几位反对废后的元老重臣。武则天再次以退为进，在这个问题上采取了温和的方法。褚遂良已经被贬，整治其他

人还不是时候,她在等待一个时机。

左盼右盼,立后大典的日子终于到来。武则天兴奋地彻夜难眠,三更天便起床梳洗打扮,这是属于她的大日子,怎不让她心潮澎湃、激动难安?

在礼部尚书许敬宗等人的大力操持下,皇城内外被布置得富丽堂皇、花团锦簇。文武百官早已按照官阶高低,身着全新的官服(新皇后的要求),静候在太极殿前。

吉时一到,鼓乐齐鸣,铿锵恢宏的乐曲响彻云霄。在一群身着盛装的宫女们簇拥下,身着皇后大袞礼服的武则天款款走来,只见她发髻高盘、眉目如画、顾盼生姿,走起路来彩带飘飞、香风习习、风姿绰约。她的裙摆由几十名随从托举着,执羽扇的宫女、拿拂尘的宦官,挨挨挤挤一大群宫人如众星拱月一般跟随在新皇后身边。

册封皇后的仪式冗长繁琐,仿佛不如此不足以彰显封后仪式的庄严盛大。尽管心情激荡难平,但武则天落落大方、滴水不漏地完成所需要做的一切。仪式结束,武后又在前呼后拥中乘上凤舆,被抬到太极殿前。

这个时候,出乎意料的事情发生了。早已端坐太极殿内的皇帝忽然大步流星走了出来,笑容满面地伸出双手搀扶武皇后。

众大臣无不顾盼失色。自古皇帝立后,只有皇后参拜皇帝,从没有过皇帝降阶迎接皇后的先例。由此可见新任的武皇后在皇帝心中的份量。

按照礼制,接下去的程序为皇帝授予皇后宝绶,然后皇后就可以回到后宫。这个时候,更出格的事发生了。武皇后提出了一个石破天惊的要求,她想要到肃仪门接受文武百官、外国使臣和全体臣民的参拜。

李治吓了一跳，虽然他对皇后百般迁就，但此时他认为皇后的要求超过了权限，赶紧低声劝武则天不要胡闹。武则天却说现在已经不能收回命令，臣民们正翘首等待，就让皇帝和她一起共同创造这个前所未有的仪式。她软磨硬泡，终于说服了李治。皇帝一旦点头，群臣也无可奈何。

当皇帝携着新皇后的手，走上张灯结彩、旗帜飘扬的城楼，皇宫四下钟声齐鸣，乐队变换队形奏起雄浑庄严的曲子，渲染出神圣的皇家气氛。艳压群芳、仪态万千的武皇后走上前一步，冲着所有的臣民展颜一笑，真是一笑倾城再笑倾国。城楼下的百姓不由心潮澎湃、难以自抑，情不自禁地发出排山倒海般的阵阵欢呼"皇后千岁千千岁"，一起拜倒在新皇后的脚下。

如此良好的效果出乎武则天意料，她喜不自禁、心满意足。这次经历令武则天尝到了掌握权力之后主宰一切、凌驾一切的甜头，她发誓要将它紧紧抓在手心。在以后的日子里，她对仪式的重视变得无以复加。

此时，32岁的武则天，经过18年的艰苦奋斗，尝尽世态炎凉、酸甜苦辣，终于成功晋升为皇后，成为后宫的主人，但是为此，她也付出了巨大的代价。那么，从此她便可以高枕无忧了吗？不，前方依旧险象环生：以长孙无忌为首的关陇贵族集团依然对她虎视眈眈，褚遂良的贬谪并未撼动长孙一派的根基，他们依然可能颠覆她目前的地位。皇后的位置令武则天置身于政治斗争的核心，从此，她更不敢有丝毫懈怠。

成为后宫新主之后，武则天并未自我陶醉、沾沾自喜。经过18

年打拼的武则天已经具备了一个政治家所必备的经验和谋略。她清醒地意识到，王皇后和萧淑妃的遭遇正是由于她们出身贵族，凡事得来太过轻易，所以缺乏危机意识和政治智慧。武则天想要坐稳后位，除了皇帝的宠爱，还需要子嗣的保障和外廷的支持。

这个时候，武则天在后宫编织的情报网反馈给她一个重要的消息。在她带着儿子去太庙祭祀的时候，太子李忠面见过皇帝。太子李忠向皇帝哭诉，说王皇后和萧淑妃被关在一个黑屋子里，房子没有门窗，只在墙上开了个小洞，每天将饭菜递进去。两人吃喝拉撒都在房子里面，时间一长，里面臭气熏天。

李治是个顾念旧情的人。武则天不在身边，他便想起了两位后妃与他十几年的夫妻之情，于是让人带路悄悄前去看望王皇后和萧淑妃。当看到她们的惨状，李治心如刀割。3人隔着墙壁大声痛哭，王皇后和萧淑妃苦苦哀求李治将她们救出去，哪怕是在李治身边做个宫女，或是带着孩子回乡种田也比关在这个黑屋子里强。李治一听，非常冲动地表示，一定营救她们出来，让她们再忍耐片刻。

武则天一听，勃然大怒，她无法想象日日夜夜与她相伴的皇帝内心世界居然还有如此隐秘之事，难怪他最近常常失魂落魄、悲悲切切。这足以证明，他对这两个女人怀有愧疚之情，这种情感是危险的萌芽。一旦王萧二人借此机会逃脱，一定会加倍向武则天报复。她必须斩草除根以绝后患。她心想：本来还想放这两个贱人一条生路，结果两人不思悔改，落到这步田地还要魅惑皇帝，真是该死！你们不是想重见天日吗？好啊，我就成全你们！

武则天立刻找了几个宦官，让他们把王萧二人从囚室放出，各打一百大板。古时候的板子非常粗大，正常人都无法承受区区几下，更何况是娇生惯养的弱质女流。实际上,武则天打算"杖毙"二女。

原本怀着获救幻想的王皇后和萧淑妃,面对一群拿着板子穷凶极恶的宦官,对武则天更是恨得咬牙切齿。但是,两人面对死亡的态度却各不相同。

王皇后向天拜了几拜,说:"祝皇帝万寿无疆,既然武昭仪得到了宠幸,我自然该死。"她至死都不愿承认武则天是什么皇后,始终称她为武昭仪,说自己的死是分内之事。

而萧淑妃则恶狠狠地诅咒道:"阿武这个妖孽,我来世要变成猫,你变成老鼠,我要生生世世掐住你的喉咙。"

她们甚至来不及说完这几句临终遗言,宦官们的板子就招呼上了。

武则天听到宦官的回禀,怒不可遏,责怪宦官为何不堵住她们的嘴巴,让她们无法发出诅咒。但如今为时已晚,只能想办法补救。于是,武则天下旨,将两个女人砍去手脚,装进酒瓮,令她们的鬼魂无法复仇。同时她下旨将王皇后改姓蟒,将萧淑妃改姓枭,也就是一个是毒蛇另一个是恶鸟。她要在精神和肉体上毁灭这两个贵族女子。

处理了王萧二人,武则天又如何面对李治呢?她对李治说,如今她刚刚当上皇后,位置还不稳固,那两个女人也刚刚被废,如果把她们放出来,就证明皇帝之前对她们的处置是错的,正好被人抓住把柄,容易引起后宫和外廷的动荡,那么好不容易得来的胜利果实可能就此丢失。王萧二人的哭诉让皇帝处于险境,理应受刑。

此时的李治已经习惯从皇帝的角度来考虑问题,他觉得武则天说得很有道理。虽然王萧之死令他惋惜,但是人死不能复生,还是

要团结好活着的人。这样一来,这件事他也就默认了。

武则天对王皇后和萧淑妃的处理,还带来了意想不到的效果,那就是后宫的稳定。各宫妃嫔有谁能比王萧二人更为得宠和背景强大?肯定没有。而新皇后一上任就在皇帝的支持下,以雷霆手段将她们诛杀,试问哪个妃嫔吃了雄心豹子胆敢跳出来与武皇后抗衡。所以,在很长一段时间内后宫风平浪静,武则天得以顺利地度过最初的见习期,后位得到了很好的稳固。

后宫的危险清理干净,武则天则马不停蹄地开始进行下一步计划:废掉如今的太子李忠,让自己的儿子李弘当上太子。

这样敏感的问题并不适宜由她自己提出,况且"后宫不能干政"向来是祖宗的规矩。但是,这难不倒聪敏的武皇后。她在成为皇后之前建立的班底——拥武派,此时又将粉墨登场,发挥作用。

永徽六年(公元655年)十一月三日,武皇后示意礼部尚书许敬宗上奏,改立太子。许敬宗当然只得听命。不过,这个老滑头并没有在奏章里直截了当地提出改立太子的意思,而是拐弯抹角地扯了半天:永徽初年的时候,武皇后还没有生儿子,于是,暂时找了一个彗星,将它放在太阳的位置,让它发出点光亮。现在,皇后已经生下了儿子,那么从前那个彗星怎么还可以占着太阳的位子呢?他还装模作样地说:"我挑拨了你们之间的父子关系,明知道皇帝可能会降罪于我,可是,为了国家的繁荣昌盛,我只能将生死置之度外了。"

这道奏章写得模棱两可,十分晦涩。朝会上唐高宗李治要求许敬宗仔细阐释一下究竟是什么意思。其实,皇帝早已心知肚明,只是等人将这层窗户纸捅破。

许敬宗见皇帝追问，只好硬着头皮说："现在武昭仪已经成为新皇后，那么她的儿子当太子才是比较合理的，对国家社稷更有利。"

皇帝一听，心里很高兴，但表面的样子还是要做一做，就说："许敬宗你好大的胆子，废立太子这种大事居然随便拿来讨论。"

许敬宗可是老江湖了，他观察皇帝的神色并没有不高兴的样子，心里便有了底，只管大胆地说下去："我怎么能不知道皇太子是国家的根本？但是，太子出身很低，心里肯定没有底气。太子心里不安对国家可不是件好事。"许敬宗这么说，其实是暗示唐太宗时代太子承乾犯上作乱之事。

李治内心对立李弘为太子并无异议，但是听许敬宗用废太子承乾来暗喻李忠，隐约有些不快。李治马上说："其实太子已经主动上表，要求退位。"他的意思是太子李忠很有自知之明，还不至于存有野心。

许敬宗大喜过望，说："既然太子已经提出，那皇上应该赶紧成全他的愿望。"

李治又说："这件事是不是应该跟长孙太尉等人商量一下？"

许敬宗赶紧说："皇上既然决定了的事情就该马上去做，夜长梦多啊。"于是李治下令命许敬宗草拟诏书。

李治接过诏书一看，诏书上废太子，改封废为梁王，要他即刻离开京城前去封地赴任。李治看得出来，诏书上的内容是武皇后的意思。李治熟知李忠心性，他明白这样的安排对李忠很不公平，可是，平静的生活来之不易，他不愿在此事上忤逆武则天的意愿，再次掀起纷争，所以他很快在诏书上盖章签字。

如此一来，原本辅佐李忠的官吏们，都纷纷退避三舍，害怕被

李忠连累,惹祸上身。唯有右庶子李安仁,独自将李忠送到城外,洒泪而别。

公元656年正月初六,武则天的长子李弘被立为太子。为庆祝这一喜事,国号改为显庆。废立太子这件大事,便兵不血刃地解决了。武皇后再次松了一口气,这意味着她皇后的宝座更加稳固。她夜以继日扑在5岁长子李弘的太子册封典礼的准备工作上,无暇顾及其他。太子册封典礼举行了三天三夜,期间还大赦天下。在将儿子李弘送到东宫之后,武皇后确信她已为儿子奠定了登基成帝的基础。

按理说,武则天经过一系列的斗争,已经坐稳了皇后的位子,应该安枕无忧才是,可她夜夜梦魇、接连失眠。究其原因,无非是在争夺后位的道路上,每天殚精竭虑、费尽心思,不知不觉染上了神经衰弱的毛病。再加上她杀戮太多,双手染满鲜血。无论如何为自己开脱,她内心深处还是充满惊惧不安的情绪。

虽说30多岁的女人正当盛年,但即使保养得再好,精力和体力日益衰退也是不可抗拒的自然规律。武皇后每天都无法安睡,长此以往不是办法。儿子还小、政敌还在,她必须保持良好的状态来应对以后的局面。

万般无奈,武皇后向皇帝提出了迁居洛阳的请求。可是,即使普通人搬家也不是一件容易的事,更何况是皇帝。长安距离洛阳800里,长路漫漫。除了三宫六院,大大小小的皇亲国戚、大臣们也得跟着搬迁。尽管李治犹豫,但是他更不忍心见到皇后如此痛苦,况且他嫌弃现在的住处太过潮湿,不甚舒服。种种因素相加,皇帝最终同意了皇后的要求。

这次举国迁徙的事件整整进行了一个月。一个月后,帝后终于抵达了隋炀帝建都时修建好的洛阳宫。迁居洛阳之后，这里的青山绿水令武皇后暂时摆脱了长安城里的梦魇，获得心理的平静。她庆幸那些飘忽的幽灵被八百里秦川阻隔，只能留在阴冷寂寥的长安宫殿里徘徊。

洛阳因为武则天的青睐而迅速繁荣起来。武则天在皇宫里种满了家乡并州的野蔷薇，妖艳欲滴的蔷薇花将肃穆的洛阳宫苑点缀得生机勃勃。武则天还在宫中设置蚕室，亲自养蚕，给天下的妇女做一个勤劳的榜样，打造亲民形象。李治一见非常高兴，立刻打造舆论，表扬皇后贤德。在洛阳宫里，皇后武则天生下了她的幼子李旦和小女儿太平公主。

事实上，武皇后的一举一动都有她的政治含义。早在她被立为皇后的两天之后，她上了一份奏表要求奖励当时阻止她晋封为宸妃的韩瑗、来济。其实，那不过是武皇后揣测出圣意之后的权宜之举。她知道皇帝并非真想严惩这两人，她当时宽厚容忍的态度对于韩、来两人无异于一种居高临下的施恩。那既是一种试探，也是一种拉拢，更是树立政治形象的必要手段，用以展现国母的宽厚仁慈。

无奈，韩瑗和来济太不识抬举，不仅婉言谢绝，还上疏为褚遂良说情，说褚遂良是社稷的忠臣，但是因为小人在中间挑拨离间，才被贬出了京城，希望皇帝可以把褚遂良召回继续任用。

李治一见奏章，勃然大怒："想当初褚遂良是如何顶撞于朕的，至今还历历在目。朕没再跟他翻旧账已是宽容得很，你居然还敢为他求情。朕还要把他贬到更远的地方去，看谁还敢再为他鸣冤叫屈！"于是，高宗李治一道诏书，将褚遂良贬往桂州（今广西桂林）任都督。而倒霉的褚遂良向来以文采和书法自负，被一贬再贬，终于承受不

了，给李治写了一封信，细数自己往日的功绩，自以为可以打动皇帝。褚遂良没有想到，今时不同往日，称帝多年的李治早已对他们这群倚仗着功劳不把主子放在眼里的顾命大臣不满至极，一心摆脱他们的控制。在这种心境下，褚遂良这封信无异于火上浇油，坚定了李治整死他的决心。

韩瑗和来济见此情形，又要求辞职，李治没有批准，但他们的举动早就惹恼了武皇后。她正愁找不到把柄整治他们，暗想真是天助我也，急忙招来许敬宗，授意他如何如何。

第二天，许敬宗马上启奏皇帝，说韩瑗、来济和褚遂良勾结图谋不轨，借口是韩瑗与褚遂良交好，而褚遂良到桂州当都督，主要目的是为了谋反，因为桂州自古就是养兵练兵的地方。来济也是他们的同党。

真是欲加之罪何患无辞。就是这样一份漏洞百出的奏章，得到了皇帝李治的认同，他下旨将韩瑗贬为振州（今海南崖西县）刺史，来济贬为台州（今浙江临海）刺史，"终身不许朝觐"。

唐朝有规定，地方长官定期朝觐，在过节的时候进京城面圣，进贡一些礼物，再汇报一下地方的政务。李治给予的处罚，断了这几个老臣东山再起的念想。两年后韩瑗死在任上，5年后来济也在庭州（新疆吉木萨尔）刺史任上战死，褚遂良病死于显庆三年（公元658年）。

韩瑗、来济的贬谪为拥武派的升迁空出了位置。许敬宗立下大功，取代了来济的位子，升官做了侍中。李义府当时已经升官为中书令，他们都已经进入了当时的宰相集团。武则天贯彻落实自己的想法变得更为便捷顺畅。

第六章 玩转宫廷阴谋的新皇后

武则天不会放过任何一个阻挡她入主后宫的政敌。一旦当上皇后，她便狠狠打击反武派，团结中间派，提拔拥武派。

反对派的"带头大哥"是长孙无忌，武则天当上了皇后，他自知在政治上便再也不可能有所作为，因此关起门来著书立说。不过，他明白，树欲静而风不止，武则天绝不会因为他的淡出朝堂而善罢甘休。虽然赋闲在家，长孙无忌对朝廷上的"大换血"心知肚明，武则天的每一个招数他都看得明明白白，但是他懊恼自己从前太过轻敌，如今悔之已晚。

除了韩瑗、来济和褚遂良之外，长孙无忌的亲戚也在劫难逃。他的表弟太常寺卿高履行被贬为益州刺史，族侄刑部尚书长孙祥被贬为常州刺史。

为何独将长孙无忌留到现在？只因他早年跟随李世民东征西战，是"玄武门事件"的策划者之一，既是开国元勋又是顾命大臣，在朝中的势力根深蒂固，实在不好对付。另外他又是李治的舅舅，皇帝对这位国舅一直尊崇有加。永徽元年（公元650年），洛阳人李弘泰状告长孙无忌谋反，皇帝二话不说将李弘泰处斩。因此，武皇后不敢贸然出手，只好隐忍几年，先易后难，从外围着手，将他的羽翼一一剪除。如今皇帝李治一心独掌皇权，而长孙一派的虾兵蟹将都已经荡平，收拾长孙无忌这条大鱼正是时候。

显庆四年（公元659年）春，许敬宗根据武皇后的授意，精心策划了一个朋党案。当时，有人向唐高宗李治告密，说太子洗马韦季方和监察御史李巢结党营私、图谋不轨。许敬宗马上亲自审理此案件，他对犯人严刑逼供，暗示两人招出长孙无忌为幕后主使。可是在韦季方看来，长孙无忌高不可攀，自己哪有资格结交到他？再

说,长孙是国舅,诬陷国舅罪加一等。韦季方不想诬陷长孙无忌又受不了严刑拷打,于是撞墙自杀。许敬宗可不会允许他随便去死,又将韦季方救活,随后许敬宗面见皇帝李治,汇报说,韦季方等人与长孙无忌勾结谋反,事情败露后试图畏罪自杀。

唐高宗李治闻后先是震惊,继而伤心地说:"国舅被小人挑拨离间,对我不满意是有的,但是为什么要谋反呢?"

皇帝的口气已经认定了长孙无忌谋反的事实,令许敬宗精神大振。许敬宗清清嗓子,一本正经地肯定此事千真万确,还举了一个例子来说明:"宇文化及父子两代都受到隋朝王室的重用,还因隋炀帝的女儿南阳公主的下嫁而结有姻亲,可是他们还不是发动了江都之乱,将隋朝灭了?"

皇帝还是摇头表示,要求许敬宗再次将案件审理清楚。第二天,许敬宗又编造了韦季方的供词,坐实了长孙无忌谋反的罪名,同时还将长孙无忌一派尽数株连,韩瑷、于志宁、柳奭、褚遂良都有份参与。

皇帝一听,这才认可了许敬宗的汇报,他立即下旨削掉长孙无忌的官爵,流放到黔州幽禁起来。不过,皇帝顾念甥舅之情,给长孙无忌的待遇依然维持一品官员的水准,每月给羊20头,猪肉60斤,鱼30条,酒9斗。其他受牵连的元老重臣一律被免去了官职。

许敬宗以宰相的身份审理了这个非一般官员的朋党事件,其意图可谓司马昭之心路人皆知。长孙无忌被贬逐之后,唐高宗和武则天并没有善罢甘休,认为这个案子的剩余价值还没有完全利用到位。三个月后,唐高宗李治下令要李勣、许敬宗等人继续审理长孙无忌谋反案。

许敬宗接旨后，派中书舍人袁公瑜到黔州去找长孙无忌做笔录。袁公瑜是拥武派的元老级人物。到达黔州后，袁公瑜认为要长孙无忌认罪简直白费唇舌，直接逼他自尽了。

树倒猢狲散。长孙无忌一死，唐高宗李治对于反对派的打击更是肆无忌惮，他下旨处死了王皇后的舅舅柳奭和宰相韩瑗。长孙无忌的从弟渝州刺史长孙知仁、族弟长孙恩、儿子驸马都尉长孙冲、族弟驸马都尉长孙铨、族侄长孙祥、褚遂良之子褚彦甫、褚彦冲等，不是被流放就是被杀死。

事实上，这次受到株连的反对派，正是7年前拥立李忠为太子的那一批大臣。中国中古社会前期，实行世袭性很强的门阀贵族政治，后期实行的是非世袭性的科举官僚制度。前文提到过，长孙一派几乎都出自于关陇贵族；许敬宗等人则属科举出身的一般官僚；而山东寒族地主出身的李勣实际上属拥武派。各派系之间阶层壁垒森严，政治经济利益相互冲突，立后之争不过是矛盾长久以来的一个爆发点。

在经历了废立皇后、改换太子、重组外廷三部曲之后，朝廷上下也形成了一种新的政治格局，一般官僚纷纷上位，取代关陇贵族集团占据当朝重要官职，他们浅薄的根基注定无力瓜分皇帝的皇权。长孙无忌一派的倒台，标志着把持中央政权一个多世纪的关陇贵族集团的覆灭。

武则天成为皇后之后，一出手便施展出技巧纯熟的宫廷阴谋，与王皇后之流小打小闹的计谋不可同日而语。武则天取得成功的关键是得到了渴望独掌皇权的皇帝李治的倾力支持，她作为他的亲密战友享受到了皇帝独霸皇权带来的胜利果实。在这起朋党案过后，

武则天正式以一个政治人物的身份走出后宫，亮相历史舞台。

在唐朝，重视家族门第可谓蔚然成风。而10多年前，武氏家族给予武则天的，除了宦游于上层社会的富贵荣华，更重要的还有曾经沉寂于底层草根的寒门根底。前者给予她良好的教养才学和上进心，后者却使她饱受世俗的冷眼鄙视。即使在唐代如此开放的社会风气中，女性本身低下的地位，注定其渴望进步的道路坎坷重重。这种双重境遇造就了武则天独特的性格——追寻男女平等、实现女性自身价值的女权主义与不择手段颠覆一切、追逐至高利益的女皇性格，这些特质在她少年阶段初见端倪。10多年的冷遇进一步刺激了武则天，尽管基于客观环境，她不得不暂且收敛起锋芒避祸。当时机成熟，那曾被反复压制的独特个性将爆发得更为彻底和激烈。

武则天虽已贵为皇后，但在她的奋斗史中，出身草根这个瑕疵，反复成为朝廷内外攻击她的由头，令她十分沮丧。因此，显庆四年（659年）六月，长孙无忌刚被贬谪两个月，武则天便授意许敬宗等人重修《氏族志》。

所谓《氏族志》是贞观时期修订、将整个社会分为三六九等的索引。李世民的本意是抬高李唐皇族的社会地位，将本族列为一等，外戚后族列为二等。而在实际的操作中，隋唐时期业已没落的旧贵族崔氏依然位列首位。

重修《氏族志》出于三重考虑：一是，皇帝李治本身就急于打压瓜分皇权的旧贵族势力，而朝堂上以长孙无忌为首的关陇贵族几乎已被铲除殆尽。二是，出身小姓的武则天意欲抬高自家的门第。三是，以许敬宗、李义府为代表的新贵亦想得到社会的承认。因此，新修的《姓氏录》很快出台，取代了《氏族志》。

《姓氏录》以当朝官僚等级为准，李唐皇族和武氏后族为第一等，其余都以本朝的官阶大小来排序，依然分为九等。只要在本朝获得五品以上官阶，都可以成为氏族。《姓氏录》结束了数百年来国家用行政手段来确定氏族等级的做法，有利于"不拘一格降人才"和国家社会的进步。

同时，武则天还追封亡父武士彟为周国公，母亲杨氏为代国夫人，后来又改封荣国夫人，品级第一。实际上，按照唐朝的规定，母亲杨氏的封号应该与武士彟一致。而武则天却以这种方式昭告天下，母亲杨氏获此殊荣，皆因为她生下了一个杰出的女儿，而不是因为嫁了一个能干的丈夫。

很多缙绅士大夫将《姓氏录》视为"勋格"，也就是用来论功行赏的规定，纷纷抵制。但是，出身平民的广大官员却十分推崇。从前，他们被世家大族阻挡了晋升的前途，如今，他们可以依靠自身的力量跻身上流社会，自然大力拥护《姓氏录》。李义府更是上奏皇帝，希望将社会上的《氏族志》都没收，集中焚烧，强行推行《姓名录》。这样一来，社会各界只有姓氏的区别，不再区分氏族的高下，身份变得较为平等。

当然，意识形态的差异根深蒂固，不可能在一朝一夕间轻易改变。《姓氏录》的颁布，并不能改变旧贵族自矜身份，只在彼此间通婚的陋习。即使是新贵李义府，也借机与同姓大族赵郡李氏通婚，以期抬高自己的门第，后来，李义府一度失势，被李氏大族踢出族谱，其子又遭退婚。李义府怀恨在心，上奏修改《姓氏录》，严禁"五姓七望"——即定陇西李宝、太原王琼、荥阳郑温等旧贵族之间通婚。此举招来旧贵族世家莫大的反感，也为李义府日后的倒台埋下

了祸根。旧贵族之间通婚积习难改，有的甚至偷偷将女儿送至夫家，也有的贵族女子宁愿终身不嫁。这场新旧势力和观念的明争暗斗贯穿整个唐代。直到经历了唐朝末年的农民起义，自五代起，这种重视谱牒、家世的社会风气，才逐渐衰落。

在抬高自身门第之后，已经辅政多年的武则天凭借出色的政治头脑再接再厉，在后宫和朝野上下不断提升自己的声望。

对皇后来说，后宫就是一个大家庭，管理好后宫各项事宜是皇后的本分。她大肆封赏自己的儿子李弘、李贤和李显，同时，不忘组织实力派教师队伍，希望将儿子培养成德才兼备的全能皇子。另外，她严防庶子作乱，将唐高宗李治的其他儿子都贬往京师之外担任刺史。

对于自己娘家的亲戚，武则天很是严厉，她着人编写《外戚戒》，并且对他们进行打压。事实上，武家一门老小因武皇后的飞黄腾达而受益良多。可是，武则天并没有忘记在她家道中落之时，武家兄弟是如何欺负她们母女的。因此，当母亲杨氏泪水涟涟地找武则天告状，说武家兄弟对她不恭且口出狂言之时，武则天立刻禀告皇帝，颁下诏书将她同父异母的兄弟和堂兄弟统统贬到偏远荒凉之地，其中武元庆很快郁闷致死。不过，由于许敬宗为首的拥武派一直小心翼翼地操纵着舆论导向，武氏家族的内部矛盾成为新皇后为防止外戚权力扩张而使出的政治手段。

早在立后事件上，武则天充分感受到了外廷的影响力。于是，她借参政之便广泛培植亲信，借助科举制度不断从寒门选拔可以为她所用的人才。

史学家们认为，此时的武则天，已经在刻意打造自己的政治形象和培植亲信班底，为逐步实现自己在政治上的野心奠定基础。实际上，纵观这个阶段武则天的表现，无一不是努力在打造一个合格的皇后形象。

整肃过后的朝廷面貌焕然一新。高宗李治正准备放手大干一场，可是，天有不测风云，显庆末年（公元660年）李治的风疾（心血管类的疾病）突然发作，这是李唐皇室的遗传疾病，症状是经常头痛不止，晕眩乏力，需要休息静养。

高宗李治一向欣赏皇后武则天所表现出来的政治智慧和处事能力，因此，他在患病期间不断对武则天委以重任。当然，这并不表示唐高宗愿意与任何人分享皇权，他之所以暂时将皇权委托给皇后，则是他一厢情愿认为皇后最终将还权于他。可是，随着武则天对国事的日益熟稔和频繁处理，她在朝廷中逐步建立了公开的势力，对权力的欲望也渐渐强烈。然而，唐高宗李治并不愿意看到这种局面，于是，这对曾经的亲密战友和恩爱夫妻之间开始产生嫌隙。李义府的失势，便是双方矛盾公开化的一个表现。

李义府是个有才无德之人。显庆元年间，他命令大理寺丞将一个涉嫌杀死丈夫的美丽女犯淳于氏私下释放，藏在李府。事情败露之后，他为了防止大理寺丞供出自己，将大理寺丞逼死。御史王义方就此事上书弹劾李义府，但是当时李治不愿损失一名得力干将，就下旨将王义方贬职。如此一来，李义府更加跋扈，他在朝堂上与另一名宰相杜正伦争吵，李治将二人各打50大板，将他俩双双贬职。杜正伦死在贬职地，而李义府却被武皇后调回朝廷，官复原职。

李义府见帝后双方对他如此维护，更加为所欲为。在他贬职期间，曾遭到亲家退婚，如今他一朝得势，立刻将亲家逼死。

一段时期,高宗李治对右相李义府颇为留意,不知是因为他层出不穷的丑闻,还是因为他脸上时常挂着掩饰不住的倨傲和鄙夷的神色。显庆五年(公元660年),武则天协理朝政一段时日之后,端坐龙椅上的李治在李义府为代表的大臣们莫测神秘的表情中,忽然产生了一种物是人非的沮丧感觉。偏偏李义府还不识相,全然不知收敛。在迁徙自家祖坟之时,有个县令亲自上阵帮忙,不料累死在工地上,舆论影响极坏。同年,李义府在选官过程中大肆卖官鬻爵,风声传到高宗那里。高宗召见李义府,希望他有所收敛,可是李义府毫不认错,且态度恶劣。高宗一气之下给李义府安了一个勾结罪臣家属的罪名,把他全家一锅端了。

对李义府的倒台,武则天当然心有不甘。但是,她看出了高宗与她争权的真实意图,且李义府民愤太大,保他恐怕会惹祸上身。因此,尽管李义府对她忠心耿耿且利用价值很大,她也只得将他放弃。李义府事件为武则天与皇帝的斗法拉开序幕。

一天,高宗李治接到一份紧急奏章,说是百济入侵新罗,已经占领了30多个城镇,新罗王请求支援。李治灵机一动:皇后干涉政务已久,如今发展到事事都要插手,眼下,高丽问题迫在眉睫,何不将这个烫手山芋交给皇后,也好借此杀杀她的气焰。

武则天接到这份奏章,派人连夜找来老将李勣以及兵部相关人员,紧急开会讨论出兵百济问题。

李勣认为,出兵百济和高丽胜算不大,主要是战线太长,粮草供应跟不上以及自然环境恶劣等原因。当年唐太宗李世民御驾亲征高丽也只落得个铩羽而归的结果。

武则天却认为,此战非打不可,困难总有办法克服,关键是战术合理。经过一番周密布置，武则天决定立刻出兵。

事实证明，武则天的决策英明。大将苏定方根据她的战略部署，出其不意，一举攻陷敌军阵营，带着俘虏得胜归来。

庆功宴上，大家纷纷恭维武皇后，令皇帝李治倍感失落，心中对武后的不满更甚。这时候，中书侍郎上官仪却要求作诗歌颂皇帝恩德。李治龙颜大悦，将上官仪引为知己，并在一年多之后，将上官仪封为同东西台门下三品，参知政事。

上官仪升官之后，在同僚的提点下前去拜见武则天。武则天原本对上官仪的突然升官很是不满，见其主动前来，怒气稍缓。况且，武则天以为，上官仪这样书生气的文官翻不出多大风浪，因此，她对上官仪敲打了一番之后，便放他去了。

第七章　任何人都难挡武后的争权之路

百济之战胜利后，大唐帝国更为稳固，国泰民安，歌舞升平。在这样的大好形势下，唐高宗李治的风疾日益严重，以至无法管理朝政。万般无奈之下，他只得将权杖交给皇后武则天代理，自己则在后宫修身养息。养病的日子很是无聊，李治需要美人陪伴。可是三宫六院惧怕武皇后，竟无人敢于承宠，唯有武则天的外甥女魏国夫人对李治百般献媚。

事实上，自从武则天回宫以来，李治的三宫六院早已徒具虚名。武则天要求皇帝对自己用情专一，她无法容忍男女的不平等，而李治也几乎每天都陪伴着武则天，偶尔也有例外。只是，这些与李治关系密切的女人们最终都不知去向，武则天的姐姐韩国夫人就是其中之一。韩国夫人与李治本来就有一段情缘，被武则天发现之后，从此人间蒸发。宫中传说，韩国夫人被武则天秘密赐死，这终究只是猜测，她的去向成为千古之谜。人们其实并不关心真相，却愿意相信空穴来风未必无因。

武则天对姐姐留下的一双儿女非常优待，不仅赐予他俩尊贵的封号和优越的待遇，还经常将他们接进皇宫游玩。然而，武则天万分疼爱的外甥女魏国夫人，却在武则天疏于防备之时，飘然溜进了皇帝的寝宫。

魏国夫人正值妙龄，青春美貌、无拘无束，令李治重新领略了

男女之事的美妙,他压抑的心情有了排遣的渠道,加上御医诊治,健康状况也大有好转。

一日,武则天得空前去看望李治,却不经意撞破了魏国夫人和李治的好事。李治身着内衣,斜躺在卧榻上,脸上还残留着魏国夫人的唇印。魏国夫人本躲在被中瑟瑟发抖,见武则天并无怪罪之言,急忙起身整理好衣服,跪倒在地上行礼。

武皇后得体地接受了她的跪拜,接着不动声色地问候了皇帝的病情,还嘱咐皇帝不要欺负晚辈,这才风姿绰约地离开。

武则天已经走远,只留给这对男女一个出尘脱俗的美丽背影。魏国夫人又惊又怕,她不顾太监们幸灾乐祸的眼神,扭头质问李治:"姨妈会不会杀死我?就像当年对付我母亲一样?我的母亲究竟去了哪里?是不是被姨妈杀死了?难道连皇上也不知道她的下落?"

面对魏国夫人的一连串质问,李治心里发虚,却只得满面堆笑。他抚摸着这个年轻女孩凌乱乌黑的发髻,安抚着她的情绪。他许诺封她为贵妃,并且举出武则天曾在感业寺为尼而如今当上皇后的例子来展现自己的能力。

魏国夫人毕竟年轻稚嫩,她轻信了李治的承诺,转怒为喜,又和李治厮混在一起。

在外祖母杨氏的劝说下,魏国夫人为了自身的安全大大减少了进宫的次数。而武则天却常常托杨氏捎信给魏国夫人要她常来宫中走动。一切似乎风平浪静。无人知道,在这平静背后,武则天正咬牙切齿、心如刀割。当时的她已无法忍受自古以来的三宫六院七十二嫔妃制度,这个制度对她这位皇后是极大的侮辱和践踏,她需要皇帝的专一和尊重。如果皇帝无法做到,那么她只能动用非常

第七章 任何人都难挡武后的争权之路

手段,逼迫皇帝就范。但是,她明白,在这种争斗中,自己扮演的角色并不光彩,因此,她痛恨皇帝,是他将她逼上绝境,迫使她双手染满血腥。

在前往泰山举行封禅大典前夕,武则天的堂兄武惟良和武怀运同其他各地刺史一起回到京城,准备动身参加封禅。他俩外放之后吃尽苦楚,却有苦难言。此次回来,他们学得乖巧多了,准备了厚礼拜见杨氏,希望她能到皇后武则天面前美言几句,让他们调回京师担任职务。

杨氏贵族出身,气量较大,她原谅了他们两兄弟从前的无礼,向武则天转达了两人的悔意。过了几天,武则天带着随身的侍女和侍卫,微服回到娘家,参加家宴。

宴会办得很是气派,除了满桌珍馐佳肴还有一队乐师伴奏。在江南丝竹轻柔婉转的曲调所营造的温馨团圆的家庭氛围中,魏国夫人忽然狂笑起来,她借酒装疯,出言不逊。武氏兄弟暗自咒骂她的失仪,害怕牵连到自己。而杨氏则请求武则天宽恕魏国夫人的少不更事。武则天淡淡地笑笑,十分大度。忽然,魏国夫人掐住喉咙发出一声尖叫,倒在地上痛苦地挣扎。

乐师们的演奏还未及停下,那悠扬绵软的曲调给人一种如梦如幻的不真实感。魏国夫人在乐声中停止了挣扎,美丽的面孔可怕地扭曲着,圆睁的双眼心有不甘地瞪着这个世界一命归西了。

武则天勃然变色,即刻命令卫兵将武惟良和武怀运处死,罪名是他们意欲投毒杀死自己,却无意间毒死魏国夫人。无论如何喊冤,武惟良和武怀运的命运已是不可逆转。第二天,远在安徽濠州的武元爽受此案的牵连发配振州(海南),他很快在发配地病逝。

　　魏国夫人暴毙之后，武则天将杨氏和贺兰敏之接回了宫中，只留下一队卫兵驻守娘家处理后事。尽管一箭双雕，顺利拔除了眼中钉，但武则天心中并不轻松。亲人之间的杀戮让她无法面对母亲和贺兰敏之哀怨的目光。恩将仇报、陷她于不义的姐姐和外甥女更令她无法释怀，而昔日武氏兄弟对武则天母女的万般欺凌则是刻骨铭心永难磨灭的仇恨。虽然他们都已死去，但伤害早已造成，武则天心灵的创伤再也无法弥补。至于贺兰敏之，她知道他并不甘心，但是目前，还不是收拾他的时候。

　　对于唐高宗李治和魏国夫人的关系，武则天的母亲杨氏早就忧惧交加，她痛恨李治，是他令女儿韩国夫人和外甥女魏国夫人命丧黄泉。杨氏不恨武则天，却把这笔账算在不负责任的李治身上。但李治终究是皇帝，杨氏不敢将这种怨恨表现出来，只能加倍疼爱女儿武则天和外甥贺兰敏之，希望能够抚平他们的伤痕。

　　贺兰敏之是不折不扣的"高富帅"，长相英俊又有官爵加身，是洛阳少女心中的白马王子。而武则天的厚爱和外婆的骄纵则令他的性格变得放荡不羁、骄奢淫逸。

　　武则天曾经十分疼爱贺兰敏之，她赐给他"武"姓，希望他继承武家所有的一切。但是，贺兰敏之并不感激武则天，他对姨妈杀死母亲的流言深信不疑。为了报复武则天，他诱奸了侍奉太平公主的宫女。后来，他又做出了一件更出格的事，逼奸了武则天亲自选定的准太子妃——司位少卿杨思俭的女儿。这当然是后话。

　　魏国夫人已死，李治难掩心中的悲痛，对她的死因，他是心知肚明。但是李治不愿再跟武则天发生争执，唯有日复一日地沉浸在自己的思绪中，除了他的近身太监王伏胜，谁也不清楚李治真正的心思。

帝后之间的感情危机逐渐成为后宫里公开的秘密,宫女太监们都噤若寒蝉小心翼翼,唯恐行差踏错成为出气羔羊。

武皇后的日子也不好过,除了需要忍受李治对她的恨意,每夜的梦魇亦是挥之不去的困扰。见武则天如此痛苦,与她关系密切的千金公主,将从前经常入宫的道士郭行真带进了武则天的寝宫。仙风道骨的郭行真不但善于驱魔还精通旁门左道,对按摩也略有研究。面对母仪天下的皇后,郭行真开头略有些畏缩不前。不过,待他做法过后,开始动手为武则天按摩放松,便真正放开了手脚。在郭行真的抚慰下,皇后武则天还原成了一个普通的女人。

心怀叵测的太监王伏胜探听到此事,马上向李治告密,说武则天贵为皇后,却在宫里私藏男道士郭行真,一藏就是好几天。

对于郭行真,李治并不陌生,他们夫妻曾经邀请他进宫多次。但是此时,正值李治对武则天积怨已久无处发泄之际,他立刻抓住这个把柄,说:"皇后不许朕染指宫中任何美人,自己却在宫里藏个道士,王皇后当年因为厌胜之术被废,今天,朕也要废了这个跋扈的皇后。传上官仪来见朕。"

上官仪匆匆赶来,只见皇帝脸色铁青、嘴唇发白、面色潮红,很明显正处在盛怒之中。一见到上官仪,皇帝就怒气冲冲地说:"快替朕拟一份废后诏书。"

上官仪大吃一惊,饶他是书生气十足的儒士出身,也明白废后一说不是闹着玩的,更何况对象是武则天这样权倾一方的皇后。皇帝一时冲动倒没什么,可是他上官仪,弄不好脑袋就得搬家。但是,作为大臣,他无法跟盛怒中的皇帝争执,只得鼓起勇气,硬着头皮

写下几行字:"皇后专恣,海内所不与,请废之。"

上官仪的担心很快应验。高宗刚刚召见上官仪,立刻有人用最快的速度向武则天打了小报告。这废后诏书的墨迹还没干透,武皇后已经气势汹汹地闯进殿内。高宗见她忽然出现,大惊失色,立刻没了主意。

对于李治的为人,武则天比谁都清楚,她一把抓起诏书,颤抖着双手一步步逼近李治,历数自己为他所做的一切以及往日的功劳,接着逼问他:"这真的是皇上的旨意吗,皇上真的想废掉我吗?我们的孩子还那么小,皇上想让他们跟我一起被废为庶人,任人宰割?我到底犯了什么错?"

一连串的质问令高宗彻底乱了阵脚,他不停地后退直到退无可退,只得顺手抛出一个替罪羔羊,将所有责任都推给了上官仪。

上官仪倒是镇定自若,从武皇后进门的一刹那,他已经预见了自己的下场。对这样一个毫无骨气的皇帝,上官仪嗤之以鼻,更不想为自己辩解,只是,他惋惜自己的满腹才华,原本这些可以用来报效国家。上官仪还留恋自己温暖的家庭,只因为毫无骨气的皇帝一念之差,上官家便面临灭顶之灾,实在是一种遗憾。尽管如此,上官仪为了大局,依然大义凛然地承认,诏书是自己写的,随即坦然地走出皇宫,说是回家等候发落。

武则天自然知道上官仪是代人受过,尽管她很鄙视眼前这个胆小怕事的皇帝,也不得不将错就错,顺水推舟。在达到目的后,武则天还得委曲求全温柔地安抚于他。

几天后,上官仪被诬告与废太子李忠合谋造反。依据是上官仪当年在陈王府当差时,与太监王伏胜一起侍奉过当时还是陈王的李忠。上官府被满门抄斩，只剩下不足一岁的上官婉儿和她的母亲郑氏被赶进掖庭宫充作宫婢。接着，远在3000里外的废太子李忠也被赐死。随后，与上官仪交往甚密的右相刘祥道因失察之罪被逐出宰辅之列，其他与上官仪有来往的大臣均受到牵连，或被流放，或被左迁。

"废后风波"渐渐平息。武则天虽然涉险过关，却令她了解到一向优柔寡断的皇帝亦有不择手段、狗急跳墙的一面，令她看清自己虽然贵为皇后，却一样由皇帝掌握着生杀大权。她发誓要从此事中吸取教训，再不可掉以轻心。

第八章 二圣临朝的全新局面

废后事件平息之后，皇帝李治和皇后武则天之间，进入一个相对平缓的时期。武则天接受教训，在皇帝面前言行较之从前更加谨慎，不再轻易冒犯掌握生杀大权的皇帝，从而暂时弥补了夫妻关系中的裂痕。

不过，废后事件依然让武则天心有余悸。她总结经验教训，得出一个结论：需要更加严密地监控皇帝，杜绝他和朝臣的单独接触。于是，她向高宗李治提出帝后同时临朝听政的想法。

那么，李治会同意吗？

事实上，废后事件同样带给唐高宗李治不小的冲击。他在此风波中真切地感到，自己没有能力与皇后分庭抗礼，因此他心甘情愿地回归到他与皇后所组成的家庭，不再想入非非，以免牵扯无辜之人受害。

李治的这种变化与其健康状况的不断恶化息息相关。疾病不断啃啮着他的身心，消磨他的意志，他日渐衰弱、愁肠满腹，如此一来，繁杂的国事便需要仰仗皇后全权负责。于是，帝后两人之间建立了一种新的动态平衡。长期以来，李治早已习惯将武则天视为自己的主心骨，而此时，武则天的检点和退让更是换来了高宗对她至死不渝的信任，所以，唐高宗李治同意武皇后"垂帘听政"。在高宗的全力支持下，武则天公然走上了政治舞台，她的政治实力稳步增长，

而朝臣们无论是否情愿,都必须习惯对一个女人俯首帖耳、唯命是从。

经过又一番血洗,朝廷和后宫终于暂时恢复了平静,武则天获得前所未有的安全感,但是她的心灵却始终无法宁静。在月黑风高、寂静无人的午夜,那些命丧于她手的亲人们总会从四面八方飘然而至,纠缠她于梦境之中。她总是试图向他们解释,眼前的一切都是她浴血奋战、赌上性命换来的胜利果实,为何他们总想撼动她的地位,总想夺走她的丈夫?为何她的付出换来的却是亲人的背叛?

李治的呼唤将武则天从幻境召回人间。每当武则天大汗淋漓地清醒过来,便会陷入极度沮丧之中。此刻的武则天似乎还未真正明白,自私、贪欲之下,仇恨和战争永无休止,即便是至亲也概莫能外。这是弥漫在历史与现实之中的魔障,从来不会消散。这是人性真实的一面,是无法回避的哀怨。

失去了道士郭行真,便无人再为自己做法驱魔,武则天只得独自将那些可怕的东西从梦魇中赶走。于是,她下令在龙门西山的石窟中建造一座最为雄伟的寺院。整个工程耗时3年,施工期间,武则天和李治多次亲临工地视察,她还捐出无数脂粉钱用于这个工程。据说,寺院供奉的佛祖形象是以武则天为模特,这当然已无从考证。最终,这个顶天立地的大佛成为龙门石窟中最大的佛龛,是盛唐时期雕塑艺术的巅峰。

武皇后的垂帘听政,确立了她在朝堂中的政治地位,但是她从来不是一个安于平淡、止步不前的女人,她渴望不断挑战权威,创造奇迹,名垂青史。这次,武则天将目光投向了封禅大典。封禅大典是盛世王朝彰显政绩和秉承天命的重大活动,是历代君王孜孜以求的盛大仪式。武则天试图借助这个机会在全天下人面前展现自己的威严。她命令许敬宗向皇帝提出这个请求，因为此事涉及朝廷，还是由朝臣出面更合乎规矩，同时也给她留有斡旋的余地。

很快，许敬宗向武则天回复，说皇帝对此犹豫不决，因为当年唐太宗李世民也曾动念封禅，但因国力不足而作罢。先皇尚且如此，皇上恐怕更加没有封禅的资格。

武则天询问许敬宗如何应对。

许敬宗回答："微臣对皇上说，高祖皇帝建立了唐朝，太宗皇帝贞观之治更是功绩甚大，如今国富民强、更胜从前，皇上应该举行封禅大典了却祖先的遗憾，同时也是为社稷求福。但皇上听后依然难以决断。"

武则天颇不耐烦地打断许敬宗："难道你还不了解皇上的心意？他这个态度等于默许了封禅事宜。"武则天立刻封许敬宗为封禅史，负责筹划这次大典。不过，历代封禅都是皇帝参加，皇后只能随行，武则天才不理这一套老规矩。她自创了皇帝封天、皇后祭地的规矩，她认为天若是男人，地就是女人。所以，祭地禅礼由她带着女官以及内外命妇来主持。

经过一年多的筹备，泰山封禅的各项工作已经准备就绪。麟德二年（公元665年）十月，唐高宗带着武则天和大队人马浩浩荡荡地向泰山出发了。队伍中除了三宫六院的嫔妃、文武百官、皇亲国戚等等，还有四夷诸国的朝圣者和他们的随从，加上运送各种物资的队伍，御驾前后的仪仗，绵延数百里。由于人数太多，队伍行进极其缓慢，大约花了50天才到达泰山。

唐高宗李治在去往泰山的沿途，看到一派国泰民安、欣欣向荣的景象，心情变得空前愉悦。只是到了泰山脚下，李治又感到病体

不支，最终还是由随从们将他抬上了山顶。

按照规矩，封禅大典得在正月初一举行。乾封元年（公元666年）正月初一，唐高宗李治手捧秘而不宣的玉牒祭文，神情肃穆、步态庄严地登上了祭坛。或许是扛不住山顶逼人的寒气，走下祭坛时高宗皇帝脸色苍白，瑟瑟发抖。

相比之下，武皇后主持的祭地仪式就热闹好看多了。祭坛四周布置了锦绣屏障，不许旁人近观六宫颜色。武皇后拖着华丽的裙裾带着女官们缓缓登上祭坛，由后宫人员组成的歌舞团队站在半山腰一起唱起了封禅的"登歌"。

不过，在朝臣们的眼中，这群花枝招展的老太太和性感妖艳的贵妇们的表演实在令人不胜唏嘘。在他们心中，女人只懂无休止地宴会，梳妆打扮和碎嘴传话。除此之外，她们所做的事情都愚不可及。尽管朝臣们窃窃私语，捂嘴偷笑，但都无碍武则天此时的踌躇满志，因为，她以皇后身份取得了继皇帝之后主持亚献的殊荣。在祭地仪式之后，武皇后更加坚信自己是天命所归。

封禅典礼结束，皇帝和皇后在帐殿接受朝觐。李治看到眼前的盛大场面非常高兴，武皇后趁此机会要求李治颁诏，赐予全天下70岁以上的老人官爵，另外三品以上朝臣赐爵，四品以下的加阶。如此一招收买人心，成千上万的官员都对武皇后感恩戴德，这足以看出武则天在政治舞台上的日益活跃和刻意笼络人心的智慧。

朝觐之后，还将举行盛大的宴会辅以各种精彩的歌唱舞蹈节目和杂技表演。高宗李治和武则天的孩子们也在观看的人群中，他们被节目吸引暂时遗忘了平日的争执打闹。可是，不久，李贤便耐不住性子与其他兄弟争吵起来，而太子李弘则如往日一般平静地看着兄弟们的斗争。

泰山封禅归来之后，武则天固然踌躇满志，却绝不会陶醉在暂时的荣耀当中。她审时度势，清醒地制定下一步战略。此时，当年拥戴武则天成为皇后的拥武派原班人马，在一轮又一轮的政治斗争中只剩下耄耋之年的李勣和许敬宗，他们行将就木，再也无法助武则天一臂之力。

在帝制政权中，皇帝与宰相相互依存又相互制约，总是处在一种权力的动态平衡中。而拥武派在宰相团队中的弱势，令武则天贯彻落实意图再也不像从前那般顺畅。所以，当务之急，她需要重新物色一批亲信，为拥武派输进新鲜血液。于是，一批文人学士被特许从皇宫北门即玄武门出入大内，当时他们被称为北门学士。对于这批人才的启用，武则天秉承她"不拘一格降人才"的一贯作风。因此，这批拥武派人才中，有人出身科举，有人出身士族。最初，他们并未被委以重任，而是负责编书、记录等文字工作，如《列女传》《臣轨》《官僚新诫》《乐书》《少阳正范》等都由这批人编纂而成。其中著名的《臣轨》二卷，成为历代朝臣必修之书。在此后的20多年中，北门学士成为武则天的智囊团，为其打造舆论、出谋划策。他们多数官至三四品，直到嗣圣元年（公元684年），武则天称帝才有更好的发展。

北门学士中比较重要的有刘祎之、元万顷、范履冰、苗神客、周思茂等。

上元元年（公元674年），武则天向唐高宗李治提出要给李家各位列祖列宗追加封号，以彰显他们的丰功伟绩。同时，为了避尊者讳，她又提出将百官对帝后二人的称呼改成天皇天后。

　　李治觉得此事太过荒唐，他还趁机抗议武则天经常更改年号，弄得百姓总也搞不清楚他唐高宗李治究竟当政了多少年。

　　事实上，武则天的确是个形式主义者。随着她政治目标的不断变化，年号也跟着变幻莫测。从她成为皇后直到驾崩，年号更换过23次，可谓历史之最。另外，武则天还热衷于更改百官的服饰和国旗的色彩，变化之快令百官无从招架，充分印证了"女人心，海底针"这句话的含义。

　　尽管，李治作为一个皇帝较为无能，但这并不能阻挡他对"万民尊崇"的渴望，因此他最终同意了武则天的提议。

　　封号的改变透露出武皇后内心的新动向，她似乎已不再满足皇后之位，开始向统揽朝纲的政治目标迈进。

　　某日早朝，大臣们惊讶地发现队伍中多了一位翩翩少年，这就是武则天的外甥贺兰敏之。

　　武则天当上皇后伊始，就对外戚绝不容情，一来为报幼时之仇，二来为自己捞取"大公无私"的好名声，积累政治资本。如今，武则天渴望进一步掌控皇权，那么就必须借助自己人的力量了。

　　对于姐姐韩国夫人的儿子贺兰敏之，武则天尽管留有心结，却并未亏待。她封他为三品大员，让他继承武家的一切。但是，这位贺兰公子并不领情，他始终记得母亲和妹妹的大仇。当武则天为儿子李弘选定司位少卿杨思俭的女儿作为太子妃的消息传入贺兰敏之耳中，他认为机会来了。贺兰敏之偷偷买通了杨家的仆人，溜进杨府见到未来的太子妃，花言巧语将杨家姑娘骗到了手。贺兰敏之的本意是让太子李弘吃个哑巴亏，谁知耳目众多的武则天很快得知了此事。武则天立刻取消了婚事，同时废掉贺兰敏之的武姓和所有的官爵，将他流放雷州半岛。车到半路，贺兰敏之就被护送他的随从打死，暴尸荒野。

贺兰敏之不但无法帮衬武则天，反而处处与她作对，因此他被当作弃卒很快解决。贺兰敏之的暴死令其他武氏子侄渔翁得利，他们就是武则天同父异母哥哥武元爽的儿子武承嗣等人。很快这一辈人中年纪最大的武承嗣从岭南被召回，继承了贺兰敏之曾经拥有的一切，其他武二代也不断加官晋爵。这些武氏子弟感恩戴德地聚拢在武则天身边，成为她的得力助手。

武则天号称天后时，曾提出建言十二事，作为施政纲领：

一、劝农桑，薄赋徭；

二、给复三辅地；

三、息兵，以道德化天下；

四、南北中尚禁浮巧；

五、省功费力役；

六、广言路；

七、杜谗口；

八、王公以降皆习《老子》；

九、父在，为母服齐衰三年；

十、上元前勋官已给告身者无追核；

十一、京官八品以上益禀入；

十二、百官任事久，才高位下者得进阶申滞。

在泰山封禅之后，经济形势一度跌入低谷，朝廷面临前所未有的危机；高丽、新罗、吐蕃等接连叛乱，军事上面临极大压力；同时，自然灾害不断，导致四处饥荒。因此，武则天颁布革新政策，主张

休养生息，尽力议和休战；同时鼓励百姓种地、养蚕，纺纱织布，努力发展生产力；她还数次下令减免苛捐杂税，并且先免除长安及其附近农民的徭役，减轻了农民的负担。为了解决驻守边远地区军队的粮草供给问题，武则天下令军人自行垦荒屯田。

武则天还提出广开言路，给天下人讲话的机会，同时杜绝百官向皇帝进谗言，以给予她自身一种保障。她恢复长孙无忌的官职，允许他葬入昭陵，这也是"广言路、杜谗口"的一种姿态。

在当时的社会，如果父亲去世，母亲健在，子女需要服丧3年；若是父亲健在，母亲去世，则只需服丧1年。但是，武则天改变了这一风俗，她要求：即使父亲在世，子女也必须为亡母服丧3年，以此提高女性地位，令子女尊重母亲。但是，一般为母服丧的丧服档次低于为父服丧的丧服，这一点，武则天也无能为力。

接着，武则天开始安抚笼络百官，一是停止审查转业军人在前线功勋，给他们切实落实好待遇，借此鼓励士兵奋勇作战；二是提高京官的待遇；三是提拔有才能的下层官吏，并让他们拥有发言权。这些官员普遍受益于武皇后的新政，当然会大力支持她。

同时，武则天要求百官都需学习《老子》，并将其纳入科举考试的教材之中。李唐皇族向来信奉老子，武则天这一举动表现出对李唐皇族以及唐高宗李治的尊崇，以此来赢得皇帝对自己的信任和好感。

建言十二事涉及经济、政治、军事、社会等各个方面，在一定程度上契合了武则天个人的需求。从提高本族地位、培植亲信、笼络百官到提出政治纲领，武则天有步骤、有章法地逐步扩大自己的影响、树立自己的威信、增强自身的实力，在政治上显示出非同一般的成熟和智慧。在相当长的一段时间内,她为国家殚精竭虑却并未滋生过称帝的野心。但就在这个时期,唐高宗李治的身体日益孱弱,而太子李弘不知不觉已长大成人,武则天的权力欲望在与李唐皇族微妙的此消彼长中逐步滋生、演变。

第九章　母子间的大斗法

对于武则天来说，因为适时怀上李弘，她才有机会从感业寺回到皇宫。因为李弘的诞生，她得以晋升为昭仪，搬出王皇后寝宫。因此，对这个长子，武则天倾注了无限母爱，她为李弘配备了大批学养深厚的老师，希望老师能将他培养成一位出色的皇位接班人。

李弘不但天资聪颖、悟性极高，而且勤奋刻苦至极，令唐高宗李治十分满意。但是，李弘自幼体弱多病，除了父亲的遗传，母亲在非常时期怀孕，孕期生活劳碌不定，且在王皇后的淫威下担惊受怕、殚精竭虑也是很大的因素。然而，先天不足的太子李弘虽然弱不禁风，个性却十分倔强、敏感。在老师们的培养下，儒家思想深入他的骨髓，这注定了熟读四书五经的他一旦成年开始独立思考问题，就必然与崇尚创新、倡导女权甚至偶尔离经叛道的母亲发生冲突。

早在李弘的少年时期，他便不愿意阅读孔子的《春秋》，尤其对于楚国商臣逼死父亲一段更是不胜唏嘘。他问老师，这样残忍的故事怎么可以写在书上？老师回答，孔子写书是为了惩恶扬善，让世人辨明是非。李弘却不高兴地摇摇头，将书随手抛在桌上，要求改读《礼记》。老师们都对太子的仁孝之心赞不绝口。

李弘还曾上书皇帝，要求不再追究那些逃兵家属的责任，认为边境士兵已经非常艰苦，不该再连累家人。对此武则天却认为儿子心慈手软，难成大事。

咸亨二年（公元671年），唐高宗李治和武则天去东都洛阳巡视，留下太子李弘监国。临走时，李治谆谆教导，意思是自己身体不佳，难以处理朝政，要李弘好好学习处理政事，多多历练，待完婚之后，过个几年，他便传位于太子。

李弘赶紧磕头要父亲不可如此悲观，保养好龙体才是为子之盼。涕泪交流送走父亲后，李弘在左右庶子的辅佐下，开始监国。当时天气大旱，各地灾报不断。见李弘唉声叹气，辅佐李弘的大臣告诉他，目前国库空虚的原因，除了朝廷四处征讨军费开销庞大之外，武皇后连年修建皇宫也是原因之一，如今连宫里的士兵都吃不饱肚子，更何况是百姓。大臣提出希望将宫里供人玩赏的马匹变卖，如此一来不但能减轻朝廷的经济负担，还能将卖马的钱用来周济百姓。

李弘对此很是犹豫，他清楚父亲虽然放权给他，但是真正做主的是母亲。不过，在亲自视察之后，李弘拿定了主意，他要顶着压力将圈养在宫里的良种名驹放出一半给百姓耕种使用。

诸如此类李弘忤逆武后的事件发生了多起，表现出李弘对母亲的不满由来已久，其中最著名的一件事，就是两个公主的婚事。

在宫中巡视之时，李弘忽然发现了一个大门紧锁、守卫森严的庭院。他大为惊异，立刻要求守门的士兵打开大门，可是士兵却没有钥匙。是什么样的庭院如此神秘？居然连守门人也无法打开。这更加引起了李弘的好奇心，他逼着掖庭令前来打开了院门。李弘等人刚走进庭院，院里为首的两位面容憔悴的女子便带头向太子施礼。李弘询问掖庭令，她们到底是什么人。起初，掖庭令还支支吾吾不肯说。在太子的连连逼问下，掖庭令才招出，在院里生活着的两个女子居然是李弘的两个姐姐——萧淑妃生下的义阳和宣城两位公主。自从萧淑妃被杖毙，两位公主便被囚禁在这里，不许与外界接触，即使是高宗李治也未必知道她们的下落。

李弘乍然一听，便觉心痛难当：同是一父所生的亲姐弟，生活差距居然如此之大，他绝不容许这样不合情理的事情继续下去。太子立刻将两位公主姐姐解救出来，并要求太监好吃好喝伺候两位年近30还未出嫁的姐姐。

不久，从陪都洛阳传来诏书，要求太子前往洛阳成婚。在处死逼奸准太子妃杨氏的贺兰敏之之后，武皇后又为李弘选择了大臣裴居道的女儿裴氏为太子妃。

虽然极不情愿，李弘还是被迫来到洛阳。但是，李弘拒绝成婚，理由是义阳、宣城两位公主姐姐还未成婚，作为弟弟的自己又怎能抢先大婚？

武则天大怒之余，甚感寒心：她时时处处为太子打算，为他铺路，为他扫清前进路上的所有障碍，他却用拒绝结婚的方式来羞辱自己的父母，简直大逆不道。儿子李弘表现得如此仁慈，恰恰反衬出我这母亲的冷酷无情。

皇帝李治，面对儿子的挑衅，在惊怒之余又开始犯病。武则天顾忌丈夫，也不想事情闹得无法收拾，便努力克制着自己的震怒。她决定先稳住太子，再作打算。武皇后安抚好太子，同时迅速将两个公主嫁给了御前侍卫王遂古和权毅。为了堵住悠悠众口，武则天马上将两个侍卫升职成为刺史。对此，李弘纵然气愤，也无计可施。至于皇帝那里，武则天更是百般安抚，阐明自己的道理。李治看到两位公主对婚事还算满意，态度也缓和下来。

很快，李弘与裴氏结婚了。饥馑之年不宜大操大办，他们的婚

礼相对简朴，幸而李弘与温柔贤淑的裴妃琴瑟和谐，这一点也正是武则天所希望的。

事实上，李弘的个性和身体状况与李治有诸多相似，恰好与武则天互补，若是好好沟通，可以达到另一种和谐。但是，有了裴妃的温柔乡作为后盾，李弘便不再努力修补他与武则天之间的亲子关系。之后，武则天和李弘母子因为政治观点不同，发生了更大的分歧。

李弘在两位公主的婚配问题上对武则天的质疑，尚不足以令武皇后如此生气。真正令武则天怒不可遏的是李弘的态度。在武则天看来，此事反映出李弘急不可耐干政篡权的心态。

就在不久之前，朝中的反武派以及围绕在李弘身边的太子党，已经多次向唐高宗李治提出，希望皇帝让位于太子。高宗犹豫不决没有立即答应，武则天心里却已蒙上了一层阴影。

多年摄政的生涯令武则天的权力欲望前所未有的膨胀，而对于太子李弘的执政能力，武则天并不以为然。李弘又是如此自以为是，若是他真正掌权，恐怕再也不会将她这个所谓天后母亲放在眼里，她多年所苦心经营的一切便会毁于一旦。所以此时此刻，她对太子的行为更加敏感。

武则天对两个公主的指婚带给敏感的李弘莫大的震动。而在此之后，母后对他严厉冷漠的态度更令他噤若寒蝉。他告诉太子妃，幼时的自己是多么依恋母亲。有一次，父母亲带着大队人马前往洛阳，将他独自留在长安，他终日哭闹不休，母亲得知之后，流着眼泪要求父亲将车队停下，在路上等了好多天，将自己接到身边。可是长大之后，身边的老师们总是在他耳边诉说母亲如何残忍，还指责母亲牝鸡司晨，不仅干涉朝政还对父皇指手画脚……令他不知该何去何从。

在这样的煎熬中，李弘旧病复发，并且很快病入膏肓，不久便撒手人寰。史学家们对此大做文章，认为是武则天杀死了李弘。事实究竟如何，已无法得知，但是武则天对长子李弘的死可谓悲喜交加。她深爱着长子，他的猝死更令她伤心欲绝。但是作为一个出色的政治家，武则天并未沉浸在悲痛之中无法自拔，在李弘去世后的第三天，她便再次临朝。太子的死亡倒也令她不用面对即将到来的母子斗法的尴尬场面，这可谓是伤痛中唯一的慰藉。不过，她追封李弘为孝敬皇帝，并不惜工本动用大笔资金和苦力，以天子的规格为李弘修建了一座气势恢弘的陵墓，寄托她对爱子无限的哀思。

武则天有4个儿子，长子李弘去世之后，次子李贤很快被册立为太子。李贤与哥哥李弘不同，他不仅文采出众、举止文雅，而且精通武艺，弓箭、骑射也十分出色，朝野上下一致认为，他颇具唐太宗李世民的遗风。不过，在立李贤为太子之后，唐高宗李治忽然在上元二年（公元675年），召集宰相团队开会，提出自己退居二线，由天后武则天摄政。这个提议，让一心指望新太子上位的宰相们大跌眼镜。

二圣临朝，让武则天政治实力有了进一步的增长，但是，她始终无法直接向群臣发号施令，所有的决议都必须经过李治的同意才能得以贯彻落实。如果李治的提议通过，那么她将代替皇帝执政。由此可见，李治并不反对皇后武则天执政，这在当时的时代背景下，是一种比较开明先进的思想。当然，李治的做法并不仅仅出于对武则天才干的信任和佩服，亦有很大的私心作祟。对皇帝来说，让位给年富力强的太子，自己退位成为太上皇，无异于将手中的皇权拱

手让人，日后再想对朝政发表看法，会引起皇帝的警觉和猜疑，从而为自己带来麻烦。

"逊位"给皇后则大不相同。当时的李治风疾日益严重，完全无法管理朝政，但是他心中必然还存着一线希望——待疾病痊愈或好转后，皇后会将皇权归还给他，这与当初他跟皇后连成一线打击瓜分皇权的朝廷元老重臣的出发点是相同的。

当时的宰相团队兼任着辅佐太子的使命，李弘去世之后，他们便成为新任太子李贤的僚属。唐高宗李治"逊位"给皇后武则天的提议，遭到了他们的反对。其中一位名叫郝处俊的宰相更是言辞激烈，认为皇后只能负责后宫事宜，绝不可以临朝乱政，而且天下是属于李唐皇朝祖宗的天下，李治没有权力将它让给武后，如果皇帝因病实在无法临朝，也应该将皇位传给子孙。中书侍郎李义琰极力支持郝处俊的意见。这些受儒家思想影响颇深的大臣代表着当时朝廷中对待李治让位给武则天事件的普遍看法。此事传递给武则天一个信号，那就是尽管她的实力已不容小觑，但还是无法完全掌控外廷，尤其无法左右高层官员。

见朝臣们坚决反对，李治只得作罢，改为全心培养太子李贤。武则天见皇帝态度已变，也深知时机未到，因此也未再提此事。不过，这次摄政失利，反而坚定了她统揽朝纲的决心，令她立下志愿登上皇位。对待反武派，武则天具备一个优秀政治家的极佳耐心，一边暗自筹谋一边等待时机。

在仪凤年间，唐高宗的宰相团队几乎都是太子李贤的人，宰相团队与太子李贤连成一气。武则天见状，认为只有逐个击破，自己才有胜算。宰相团队倒是不难对付，早在她当年招募北门学士充作自己的秘书团队之时，便已创造机会培养他们成为宰相团队的后备力量。随着宰相团队内大臣年龄结构的逐渐增大，退休的宰相岗位便由武则天麾下的北门学士补充进去，由此不断分割宰相团队的力量。北门学士一般出身较低、资历较浅，在朝中没有援引，一下子平步青云，当然对武则天感恩戴德，忠诚万分。

北门学士在为武则天做参谋的同时，逐步干涉国事，时常牵制其他官员，引起了太子党的不满。太子党成员开始充分发挥他们的作用，向李贤建言，建议他学习武皇后招募北门学士的模式，以修撰图书为名，培植自己的心腹党羽。

李贤一听，觉得这个建议不错。于是，他指示手下选择了古书《后汉书》，对其进行注释工作，借着这个名义，东宫迅速聚集起一帮文人雅士，有左庶子张大安、太子洗马刘讷言、洛州司户参军格希元、学士许叔牙、成玄一、周保宁等。李贤将《后汉书注》献给唐高宗李治之后，李治非常高兴，赏赐给他三万匹绸缎。

李治让位给皇后失败之后，便把监国的机会给了李贤。高宗的身体每况愈下，武则天随时面临着大权旁落的危机。于是，她加紧了对李贤的控制。武则天先礼后兵。首先，她命令北门学士撰写《少阳正范》和《孝子传》给李贤研读，李贤却不予理睬。接着武则天又给李贤写了不少信件，指责他种种失德的行为。李贤仍不为所动，还不断扩充自己的实力，借着监国的机会插手朝廷大事，建立自己的势力网络。

李贤的举动难逃武则天的法眼，她在宫中精心编织的情报网早将太子的种种异动汇报给她。眼见太子与她的矛盾日益公开化，武则天决心将李贤扳倒，以免自己半生的心血付诸东流。

施展宫廷阴谋向来是武则天的强项。她招来谏议大夫明崇俨助她一臂之力。明崇俨精通巫术,又略通医道,名义上是正五品官员,实则是武则天的私人健康顾问,某种程度上也充当着她的心理医生角色。在武皇后的大力推荐下,连唐高宗李治都对他深信不疑,允许他随时入阁,期望借助明崇俨的巫术治好自己的病痛。

听到武则天召唤,早已入睡的明崇俨急忙入宫。武则天浑身乏力,软软斜倚在卧榻之上,丝毫没有睡意。明崇俨见此情形急忙跪倒行礼,然后小心翼翼地询问皇后为何事烦忧。

武则天满脸疲惫,自行揉了揉酸胀的太阳穴,长叹一声。明崇俨见状急忙上前,主动为武则天按摩起来。武则天原本昏昏沉沉的大脑经他细长的手指抚弄一阵,果然纾解不少,心情也随之放松起来。明崇俨是个察言观色的高手,他并未追问皇后所谓何事,耐心等待着皇后放下戒心,向他一吐胸中块垒。

不出所料,武则天稍事休息后,缓缓恢复了精神,她终于开口向明崇俨诉起苦来。武则天说,在别人眼中,她这个皇后不仅能够管理后宫又可以参与朝政,可谓风光无限、威风八面,但是她的痛苦又有谁能了解。皇上身体羸弱、力不能逮,而大唐内忧外患、风雨飘摇,她这个皇后不得不走出后宫,辅助皇上处理朝政。可是朝中大臣不仅不甚理解,反而诸多指责、诋毁,还反复怂恿太子与她针锋相对、争权夺利。李弘已死,李贤争权之心更甚,根本不把她这个母后放在眼里……说着说着,武则天不由喉头哽咽,几欲落泪。

明崇俨大为不平,指责太子和朝臣们忘恩负义、迂腐可笑。他指出,大唐江山若不是仰仗皇后尽心尽力、勉力支持,根本不可能拥有今日繁荣昌盛的良好局面。

明崇俨明白，以他这点旁门左道的微末本事，根本不可能胜任眼下的职位，他今日的荣华富贵，无不是仰仗武则天而来。若是太子登基，武则天失势，他所有的一切都将灰飞烟灭。于公于私，他明崇俨的命运都与武则天紧紧相连。因此，他向武则天大表决心，愿意助皇后一臂之力，赴汤蹈火、在所不惜。

武则天兜来转去说了半天，等得便是明崇俨这句话。于是，她慢慢将话题引入正题。武则天假装询问明崇俨："你是大师，看人算命最准不过，依你的高见，李贤究竟可否成为未来的一国之君？"

明崇俨立刻心领神会，装模作样掐指一算，回答道："从面相上看，李显和李旦更有贵气。您的儿子很多，不一定非要李贤继承大统。"

武则天一听，心中暗喜，继续道："这话你我之间说了不算，关键得让皇帝相信这一点。不过，目前，还不是在他面前提起这个话题的时候，需要等待机会。"

密谋良久，武则天确认明崇俨已经完全领会自己的意思，这才要他离开。

不久，朝野上下便开始传出一个流言，说太子李贤并非武皇后亲生之子，而是唐高宗李治与武则天的姐姐韩国夫人当年私通生下的孩子。

这个说法是否属实已无从考证。流言无论真实与否，总是有一定的依据，哪怕是捕风捉影的歪理。譬如，当年，武则天还是昭仪之时，在去昭陵的路上生下了李贤。可是，在武则天生下李贤的两年之前，她刚刚诞下李弘，中途还生过一位夭折的小公主。因此，在时间上，3个孩子的间隔太短了。另外，武则天对自己的孩子们可谓关怀备至，但李贤除外。而李贤的结局也恰恰是武则天和李治的子女中最为悲

惨的一个。这些蛛丝马迹都在让人怀疑李贤的身份。

反观韩国夫人，她与李治暧昧了好多年，未为李治生下一男半女实在不符合常理。当时的武昭仪根基不稳，对于姐姐和丈夫的奸情不敢发作，只能装聋作哑，将他们的私生子认作亲生也不无可能，毕竟，多一个儿子就多一个固宠的砝码。

还有一种可能，古代没有避孕措施，武则天确实在两年内生下3个孩子，但是第三子先天不足，而且去昭陵，路途颠簸、天气严寒、环境艰苦，孩子生下不久便已夭折，宫人们在李治的授意下，将韩国夫人秘密产下的孩子充作武则天的亲子也未可知。随着武昭仪地位的晋升，在后宫内外势力渐广，便有知悉当年换子内情的宫人为向她靠拢而主动告密。至于，武则天为何允许韩国夫人的儿子登上太子宝座，皆因她此时还未能完全控制外廷，立谁为太子，她无权决定。

其实，真相如何已不重要，自古以来流言往往具有强大的生命力和破坏力。"李贤不是武则天亲生"这一说法，在短时间内对李贤造成了不可估量的负面影响。不少大臣本来就是墙头草，听说这一流言之后，对李贤顺利登基的信心发生了动摇。这样一来，保持中立明哲保身者有之，避之唯恐不及者也不少。尽管李贤身边不乏坚定不移的太子党，但是，他的实力江河日下，大不如前。

李贤虽然聪慧机敏，但毕竟年少气盛、缺乏经验。见此情形，他焦急万分，手足无措，唯有找到太子党的核心人物张大安征询意见。

张大安的政治敏锐性强于李贤，他得知此事之后，立刻派人秘密打听流言的出处，很快查出此事是明崇俨所为。张大安深知利害，

第九章 母子间的大斗法

赶紧将内情告诉李贤，并且警告李贤："太子与皇后实力悬殊，不能硬拼，唯有避其锋芒，不与其争一日之长短，假装闲散，再暗地里培植自己的亲信。"

李贤对母亲一向猜忌，他认为母亲心狠手辣，说不定哥哥李弘便是命丧母亲之手。李贤骨子里惧怕母亲，对于李弘的下场，他实在是心有余悸。听了张大安的劝解，李贤觉得也唯有如此，才能保命。于是，李贤假装不再勤于政务，开始纵情声色，每天呼朋引伴、骑马打猎、喝酒吃肉、观赏歌舞。李贤还组织人编了一本新书，不是当年的《后汉书注》之类的文史著作，而是一本笑话集。

但是，这样纸醉金迷、夜夜笙歌的日子，实在情非得已。文武双全的李贤内心痛苦压抑，无处释放。时间一长，他的心理逐渐扭曲，其显要特征便是，他不爱美女，却恋上了男子——户奴赵道生。李贤每天与这个赵道生同吃同住、同榻而眠，其亲密程度与当年唐太宗李世民时期的废黜太子承乾有得一拼。

唐朝社会非常开放，男子三妻四妾非常平常，舆论对女子的风流韵事也相对宽容，可是同性恋绝对被大家视作洪水猛兽，有违伦理、不可饶恕，更何况当事人居然是太子李贤。

以前武则天隐忍不发，现在终于逮住了李贤的把柄。这个时候，就轮到明崇俨闪亮登场了。

太子李弘去世之后，唐高宗李治原本病歪歪的身子骨儿愈发弱不禁风，常常卧病在床、呻吟不止。明崇俨经常奉旨入阁探望李治，为他纾解身心的苦痛。这天，明崇俨求见李治，不过，他的目的并不仅仅是看望皇帝那么简单，而是肩负着特殊使命。

李治一见明崇俨，立刻心情大好。明崇俨不负李治的期望，又

是气功又是按摩，令李治浑身舒服不少。见李治高兴，明崇俨趁机提起话头，说皇后最近常常唉声叹气、暗暗流泪。

在李治心中，武则天可是女强人一个，没有任何事情能够难倒她。听明崇俨这么一说，他觉得问题严重，赶紧追问是何事让皇后忧心忡忡。

明崇俨见火候到了，马上将太子李贤同性恋的劣迹添油加醋地向李治汇报。李治一听，将信将疑："太子拥有美女无数，怎么会对一个粗野的男人感兴趣？"

明崇俨见状，赶紧将李贤近来不务朝政、沉迷酒色的行径说了一通，同时暗示李治，当年李治的哥哥承乾太子也有此断袖之癖。

李治赶紧招来东宫的侍卫询问，侍卫不敢说谎，证实了明崇俨所说不假。李治勃然大怒，将侍卫怒斥了一通，还责怪太子的老师们没有严加管教太子。

明崇俨嘿嘿冷笑，煽风点火道："李贤自认为是太子，谁都不放在眼里，连武皇后的话都不听，又怎么会听老师的意见？再说，老师们指望着依靠太子飞黄腾达，又怎么敢得罪李贤？"

李治认为明崇俨的话很有道理。听到儿子如此不肖，李治刚刚缓解的头痛犯得更加厉害，他扶着额头长吁短叹，忍不住流下了眼泪。明崇俨见状急忙安慰李治，说龙体要紧，千万别为此事伤神。李治有气无力地问明崇俨："李贤向来精明能干，现在怎么会变成这个样子？"

明崇俨一直在寻找机会引入正题，见李治主动相询，正中下怀。他急忙掏出法器瞎算一气，然后装作为难不愿说出结果。李治见状，更是连连追问，并且恕他无罪，要他但说无妨。明崇俨这才展开如簧之舌滔滔不绝，云里雾里讲解了一番，暗示李贤毫无帝王之相，大唐的永续发展可能得依靠李显或是李旦。

皇宫里四处都是耳目，明崇俨的这番话迅速被太子党的探子得知，汇报给了李贤。李贤再也按捺不住，赶紧召集心腹商议对策。大家讨论的结果是，除掉明崇俨。

在一个月高风黑的夜晚，明崇俨被太子派出的杀手刺杀。武则天得知此事万分震怒，她明知此事的幕后主使是谁，但暂时没有证据，只好隐忍不发。武则天一边派人在城内四处搜查，缉拿凶手，以虚张声势，一边派人监视着李贤以及他身边人的一举一动。同时，武则天升迁了不少跟太子素有嫌隙的低级官员，进一步牵制和削弱了李贤在朝中的势力。

恰好，此时有位大臣上疏，希望李贤检点一下私生活。武则天抓住这个机会，令新上任的宰相裴炎带头彻查太子的作风问题。李贤的同性恋人赵道生首当其冲被缉拿归案，在严刑拷打之下，赵道生不仅供出了自己与李贤的真实关系，还承认明崇俨就是自己所杀。

赵道生的被捕令太子党受惊不小，李贤更是惶惶不可终日。他熟知武则天心性，猜测她这次一定不会放过自己，于是铤而走险，准备好兵器甲胄预防不测。

太子的铁杆心腹张大安是个典型的书生，他得知太子有谋反之意，吓得急忙劝阻，说："虎毒不食子，只要太子殿下向皇后请罪，皇后一定会原谅儿子。如果私藏兵器，一旦被发现，将会牵连甚广。到那时候，太子被废不说，就连太子身边的人都可能被株连九族。"

李贤虽然表面上听从了老师们的提议，写了不少请罪书交给武则天，私底下他还是积极备战，招兵买马，准备了大量武器盔甲，

以备不时之需。

李贤的异动被武则天派出的情报人员获知后,飞速密报于她。武则天气得咬牙切齿,她立刻派人向皇帝禀告,说李贤的户奴已经承认刺杀朝廷大臣明崇俨的罪行,还招出了东宫招兵买马私藏军用物资的不法行为,要求李治马上着人前去搜查。

唐高宗李治最忌讳的便是谋反,立刻批准了武则天的要求。大批羽林军包围了太子的府邸,迅速控制了局面,将太子余党监控起来,并且搜出了五百副崭新的铠甲。

武则天向李治禀报,说太子户奴赵道生早就招供太子怀有谋反之心,如今证据确凿,请皇帝即刻将太子废了。

李治明白武则天的居心——她不愿放过李贤,一出手便想置李贤于死地。李贤毕竟是李治的亲生儿子,李治还是为李贤辩解道:"东宫本来就配有一些侍卫从事保卫工作,藏有铠甲也很正常,事情也许没有那么严重。"

武则天一口咬定,不少人招认,太子私藏军用物资,就是为了有朝一日闯进皇宫,逼皇帝退位,谋反之心昭然若揭。太子这种谋逆之心,天地不容,不能够饶恕,应该依律废掉太子名号,然后处死。

李治一听要处死儿子,坚决不同意。武则天却认为,皇帝作为一国之君更要大义灭亲,对待造反的人不可以心慈手软,否则无法坐稳江山。李贤也是自己的儿子,儿子造反,母亲也很痛心,但是朝野上下都在观察皇帝如何处理此事,如果处理得不公平,恐怕对江山社稷没有好处。

在武则天的步步紧逼下,李治在废太子的诏书上盖了印章。曾经风流倜傥、意气风发的皇太子李贤就这样被逐出京城,被押解到蜀地巴州一座破败的行宫。李贤倾尽财力收集的武器铠甲被尽数焚毁，那冲天的浓烟警醒着每一个怀着谋逆之心的人。

李贤的亲信、朋友全部被处斩。太子左庶子兼中书门下三品宰相张大安因为失察之罪被贬为普州刺史，太子洗马刘讷言也被发配到了振州（今海南崖西县），东宫太典膳丞高政被遣送回家，高政的父亲和大伯害怕受到牵连，合谋将高政杀死，将高政的尸体扔在大街之上。

经过一番整肃，废太子李贤的势力已被连根拔起，武则天在外廷的权威得到进一步的稳固。就在李贤被废的第二天，武则天和李治生下的第三个儿子李显（时名李哲）入主东宫，武则天改国号为永隆，同时大赦天下。

第十章　宫闱内部争权

李显任太子期间，李治的病情愈发严重，他每日只能卧床休息，从早到晚呻吟不止。此时，武则天在与儿子们的政治斗争中牢牢确立了独掌皇权的决心，固然，这是出于她潜意识中一贯的思想，更是为了自身生存发展的必要。严酷的事实令她清醒，即使亲如母子，在权力面前也是当仁不让，只能勾心斗角、你死我活。因此，武则天允许儿子们继续登场，主要是迫于形势。不过，武则天恰好借机让儿子们充分表演，以此来判断究竟谁更适合代替李治成为她手中的傀儡。

武则天见李治久治不愈，身体每况愈下，心里明白李治命不久矣。在这个节骨眼上，武则天提出要带李治去陪都洛阳养病。因为长安是李治所代表的关陇贵族集团的根据地，而洛阳则在武则天的多年经营下，已成为她的势力范围。此时，关中正好大旱，粮食歉收，而洛阳却粮草充足，再加上早已有人提议让李治再次封禅，以缓解病情，因此，李治同意了武则天的要求。

到达洛阳之后，李治的病情并未好转，武则天心中焦急，她一再催促御医想法救治。在此期间，御医院也比以往更为车水马龙、门庭若市，不少人出钱出力争相为皇帝看病，希望侥幸治好李治以获得帝王之家的青睐。不过,具体的治疗方案必须得到武则天的认可。

武则天建议李治服食几种药物，李治都一一否定。他认为以往

的药物毫无作用，反而提出要服太宗皇帝吃过的丹药。武则天认为此药药性太烈，不宜服用，李治却病急乱投医，坚持冒死使用猛药。武则天不敢独自决定，便召见有关大臣商量此事，并将太子李显和裴炎等人招来洛阳。在大臣们的建议下，武则天勉强同意太子监国，但立即将自己人安插在太子身边，并且一下子任命了四位宰相。这几位宰相资历很浅，自然唯武则天马首是瞻。

李治服药之时，武则天和几位朝廷重臣都守候在皇帝身边，期盼奇迹出现。他们各怀鬼胎，心中打着自己的算盘。李治服下药物之后许久，没有出现任何反应。不仅如此，在这之后的多日内，李治的身体也毫无起色，可见，丹药无效。

李治沮丧至极，每天唉声叹气。此时，大臣又重提封禅之说，他们认为东岳泰山已经封过，还有西岳华山、南岳衡山、北岳恒山、中岳嵩山可以封禅。

李治一听，又重新燃起了生的希望，他再三表示，只要能够延年益寿，他愿意长途跋涉前去封禅。武则天则认为皇帝此时病体虚弱，不宜舟车劳顿，可以派遣使者前去代替皇帝。李治急忙摆手，说派遣使者显得自己毫无诚意，恐怕上天会怪罪，还是亲自前往比较合适。同时封禅四岳李治肯定力不能逮，他计划每年前往一座山岳封禅。

武则天和众臣见李治求生心切、执意如此，也不便反对，只好同意。封禅无法一蹴而就，需要派驻先遣部队，建好行宫和封禅台之后才能前去。武则天一锤定音，确定首先前往最近的嵩山封禅，李治这才高兴起来，催促她及早将准备工作完成。

嵩山封禅的行宫奉天宫一落成，李治便迫不及待地要前去，对武则天和群臣的劝阻置之不理。

时值滴水成冰、北风呼啸的数九寒冬，各部门只得加班加点，撰写各类祭文，订好封禅议程，做好后勤保障和安全保卫工作。皇帝皇后率领王公大臣、皇亲国戚、侍卫仆婢，大队人马浩浩荡荡前往嵩山。

马车刚刚离开洛阳，勉强支撑的李治便无法坐稳，躺倒在武则天预先备好的锦被之中。马车行进期间车身摇晃，李治头痛难耐，武则天只得把他抱在怀中。可是，他依然不见好转，血压不断升高。眼看便要一命呜呼，一旁的御医秦鸣鹤只好小心翼翼地提出为李治放血的方法。

武则天一听，勃然大怒，她认为这群庸医不仅无法医治皇帝，居然荒唐到想给皇帝放血，应该立刻将他们拉出去斩首。被头痛折磨得死去活来的李治却制止了她，同意让御医试试这个新的方法。武则天无奈，只得允许御医一试。

秦鸣鹤战战兢兢地将银针扎入李治头上的两个穴位，针眼处马上流出一些黑紫色的淤血。李治瞬时觉得头脑清醒了很多，折磨他多时的头痛也好转了不少，他高兴地喊叫起来，要武则天重赏御医。武则天喜出望外，赐给太医很多财物以示表扬和感谢。

事实上，多年的夫妻生活，让武则天对李治怀有很深的情感。从当年太宗身畔的秘密偷欢、感业寺的海誓山盟、再入皇宫的一房专宠，到之后二圣临朝，李治甚至一度愿意逊位于她，几十年风风雨雨，虽然双方有过争执，有过嫌隙，但是共同进退、风雨同舟才是双方关系的主流。可以说，是李治的深情厚谊成就了今天的武则天和未来的一代女皇。因此，于情于理，武则天都希望李治能颐养

天年,不再遭受病痛的折磨。

皇帝病体沉重,无法完成封禅,只得返回洛阳,封禅的日期便一拖再拖。秦鸣鹤纵然是华佗再世,也无法违逆生命规律。李治缠绵病榻、日渐衰弱,最终也没能实现封禅这个愿望。

武则天见此情形,希望借改元来冲喜,让李治再挨上一阵子。改元当天,高宗本想亲自走上城楼,向百姓宣布敕书,改国号"永淳"为"弘道"。但是,当李治被宦官从龙榻上扶起,才走了几步便气喘吁吁、无法支持,只得斜倚在大殿的龙椅之上,接受百官的参拜,并由侍从代为宣读敕书。

文武百官拜伏在地,大喊万岁。李治听到这久违的欢呼,不由热泪盈眶。此时,李治万分思念长安,但是他终究没能再回到故土。不久后,弘道元年(公元683年)十二月,李治病逝于洛阳,享年55岁。

李治死后,他的遗体被移到麟德殿,朝臣们按品级排队,轮流瞻仰先帝遗容,而武则天时时刻刻含着眼泪陪在一侧,令朝臣们对她增加了不少好感。

李显登上太子宝座之时,喜出望外之余也倍觉惶惑、惊恐。李显与二哥李贤一样,在长兄李弘的阴影下生活已久,从未想过当太子的好事会落到自己头上。李弘去世之后,李显的二哥李贤入主东宫不久便被废黜。

武则天勒令李显搬进东宫,取代李贤。虽然万般不情愿,但李显还是听命举家搬迁。可是,李显无法控制自己不去想东宫中刚刚发生的血腥"清洗",他似乎时时刻刻能够闻到空气中氤氲不散的血腥气味,那些在镇压行动中被杀死的幽魂仿佛游走在他身畔。除了这些,李显还极度畏惧母后武则天,他害怕自己一不小心触怒母后,会与哥哥们落得同样的下场。

幸而,李显的太子妃韦氏是个强悍的女人,她野心勃勃又爱慕虚荣,长得也十分美艳动人。太子妃韦氏的陪伴和宽慰,是李显能够在东宫生活下去而不至于崩溃的主要原因。

李治一死,一直侍候在父皇身边的李显立刻赶回东宫告诉韦氏这个消息。韦氏高兴极了,她赶紧问李显是否看到遗诏,李显回答没有人给他看。

真是个笨蛋!韦氏很不高兴,暗自责骂丈夫。韦氏比李显更具政治头脑,她要求李显马上回去,仔细看看遗诏如何安排天后武则天,同时嘱咐他,一有消息,立刻差人来报。

李治驾崩前夕,宫内混乱。外界形势同样严峻,不仅经常天有异相,且水旱灾害、兵祸战争接连发生,弄得遍地饿殍,民不聊生。武则天一直忙于照顾李治、应付国事,而高宗皇帝驾崩之后,她与太子李显的权力斗争便提上了日程。

高宗临死之前,遗命宰相裴炎辅政,同时留下一份遗嘱,叫作《大帝遗诏》。诏书上说太子可以在皇帝灵柩前继位,但是太子必须按照汉朝的制度为皇帝服丧,服丧27天代表服丧3年。另外新皇帝如果遇到不明白的国事,应该听从天后武氏的意见。

最后一条充分表现出高宗李治对于皇后武则天的充分信任,为她保留了一部分参政议政的权力。但是,武则天并不满足于这么一点权力,她要的是独掌大权。而实现这个目的,她必须借助宰相裴炎的力量。宰相裴炎是武则天一手提拔起来的官员,如今资历尚浅,还需要武则天的支持,若是皇权落到未来的新皇帝李显手中,他前途堪忧。因此,裴炎自然站在武则天这边。高宗去世后第三天,裴

炎上奏说，李显还需服丧，没有正式登基，在此期间，应该由武则天全面主持朝政。裴炎是先帝李治唯一指定的顾命大臣，群臣无法反对他的提议。因此，在李显服丧期内，武则天可以全权掌管朝政。

在武则天当政的27天中，她马不停蹄地做了诸多安排，为从李显手中夺得皇权做了充分准备。

首先，她进一步调整宰相团队，将老臣明升暗降留在长安。然后，她根据宰相裴炎的要求，任命他为中书令，并将宰相集体议政的地点"政事堂"由门下省调到中书省。这次人事和机构调整大有深意。唐朝实行三省制，中书省出令，门下省审核，尚书省执行。而武则天将宰相集体议事的地点改在中书省，等于加强了中书令裴炎的地位，裴炎又是唯一的顾命大臣，每次都由他组织各位宰相集中议事，无形中，他成了宰相们的首脑。同时，也间接削弱了门下省审核的权力。从此，武则天要贯彻落实思想就变得容易多了。

接着，武则天又命令大将程务挺和张虔勖掌管了负责皇宫保卫的羽林军，同时派自己人到并州、益州、荆州和扬州等唐朝重要基地镇守。武则天还给李唐皇室子孙加官晋爵，收买人心。

27天很快过去，志得意满的太子李显如愿以偿登基称帝。上朝之后，他发觉，大臣们只跟武则天议事，完全将他撇在一边，他想插嘴，却又不知从何说起。好不容易挨到散朝，他灰溜溜回到寝宫，皇后韦氏急忙问他情况如何，他垂头丧气地把上朝的情形说了一遍。这也难怪，从小到大，李显都是被父母忽略的那个，无人仔细督促他的教育，因此，李显的天性得到了自由的发展。他爱好很广，吃喝玩乐、骑马斗狗，就是一个典型的纨绔子弟。论政治头脑，他连老爸李治都不如。

唐中宗李显无力与武则天抗衡，但是他的皇后韦氏却野心勃勃，妄想做武皇后第二，试图与武则天斗上一斗。于是，韦氏主动出谋划策，说之所以无人理会皇帝，就是因为皇帝在朝中没有心腹大臣，建议皇帝将自己的父亲韦玄贞提拔成宰相。

李显很是犹豫，韦玄贞从前不过是个七品芝麻官，已经被破格提拔到四品刺史，若是再提拔成宰相，恐怕不大合适。

韦氏才不理会这些，她认为只有自己的父亲进入宰相班子，才能真正帮到李显。

其实，对于李显这点小算盘，武则天心知肚明。就在李显当上太子之时，她为他安排了韦氏这门亲事。韦氏一家是破落贵族，无法帮衬李显与自己夺权，因此无论李显如何提拔韦家人，一时半会儿也成不了气候。所以，韦氏低估了武则天，高估了自己，结果只能害了丈夫李显。韦氏继续出馊主意，让李显以皇帝的身份去找宰相裴炎商量，这可谓一错再错。

裴炎刚刚当上中书令，这一把手的位子还没坐暖，若是提拔了皇帝岳父当上宰相，哪里还有他做主的份儿？再说，裴炎原本就看不上这个没有本事的新皇帝，对他的提议当然一口拒绝。其实，李显的要求确实过分，即使是武则天也懂得安抚李唐皇室，但是皇帝却如此明显地任人唯亲，别说裴炎，群臣对此都颇有想法。

但是，头脑简单、公子哥儿习气极重的李显却并不懂得审时度势，裴炎的拒绝令他恼羞成怒。李显脱口而出："天下是我李显的，就算我把天下送给韦玄贞又怎么样？"

裴炎拂袖而去，立刻向武则天打小报告。

在裴炎到来之前，武则天一度沉溺在对高宗李治的哀思之中不

能释怀,后宫的一切都让她回忆起与李治在一起的点点滴滴。如今,李治已去,而长子李弘早逝,次子李贤刚刚死在巴州,就连最小的女儿太平公主也已嫁给薛绍,长住在驸马家中。儿子李显又难与她同心同德,武则天感到前所未有的孤独。

裴炎的汇报让武则天非常吃惊,尽管她正愁找不到李显的把柄,但是对他说出如此大逆不道的话语依然很是震怒。

她长叹一声,向裴炎诉苦道,世上的人总是反复指责她不该临朝,可是先帝在世时病痛缠身,现在儿子又如此不争气,如果她真的不理朝政,真不知道国家会变成什么样子。

裴炎安慰道,太后雄才大略,皇帝年少轻狂,还需要太后的扶持,建议太后再摄政一段时间。

武则天却说:"皇帝能说出把天下拱手送人的言语,可见是个扶不起的阿斗,这样的人留在皇帝的位子上,无异于祸国殃民。"

裴炎猜测太后的意思是要废了皇帝,但觉兹事体大,他不敢多嘴。

果然,武则天决定废黜皇帝,但是在皇帝接班人的问题上,还想再听听裴炎的意思。裴炎见武则天主意已定,就开始陈述自己的观点。他认为皇帝候选人有两个,一个是李显的儿子,皇太孙李重照,还有一个就是武则天的小儿子李旦。

武则天暗忖,若是立李重照为皇帝,那么野心勃勃的韦氏就成了皇太后,而她武则天则是太皇太后,再想发号施令,便不像现在这么顺利,韦氏一定会跟她唱反调。小儿子李旦从小便胆小顺从,更好控制。几番权衡之下,武则天决定立李旦为皇帝。

可是,废立皇帝光靠武则天和裴炎两人还不足以成事,他俩商量良久,决定请北门学士之首刘祎之助一臂之力。刘祎之既是武则天的心腹，又是相王李旦的司马，与李旦情深义厚，他一定会赞成李旦称帝。

废帝的事儿，对裴炎来说是破天荒头一遭遇到，具体程序该怎么走，他心里也没有谱，便建议武则天谨慎行事，是否先把皇帝控制起来再说，免得突然发难，朝堂上的侍卫不知就里帮助李显，那就麻烦大了。

武则天从容一笑，要裴炎不必担心，只管上朝直接宣读废帝诏书就好。事实上，她早已将两个负责羽林军的武将笼络好，完全不怕李显倒戈。

嗣圣元年（公元684年）二月二十七日，武则天忽然要求文武百官到正殿乾元殿上朝。自唐高宗以来，均是单日上朝，双日不上朝。乾元殿只在除夕以及立后、立太子等大事时，才对朝臣开放，可是那天却打破了惯例。这日朝上的气氛也迥然不同于往常，羽林军三步一哨、五步一岗，侍立在宫殿两侧，这更是令群臣丈二和尚摸不着头脑。

唐中宗李显大摇大摆地来到正殿，一看排场比平日大得多，心中得意，正准备接受群臣的跪拜，忽然发现几位宰相没有到齐。正在此时，中书令裴炎、中书侍郎刘祎之和羽林军首领程务挺、张虔勖一起出现。裴炎抢先一步，却并没有到自己的位置，他将手中的诏书打开，威严地念道，根据太后的命令，废皇帝为庐陵王，即刻将他贬往房州。

李显大吃一惊，似乎没有听清楚裴炎的话。裴炎严肃地催促李显赶紧走下宝座，见李显还拖拖拉拉，一挥手，两个如狼似虎的羽林军将士便将李显从宝座上押了下来。李显无法接受如此之大的变

故,他大声喊叫质问武则天,自己究竟犯了何罪?

武则天在帘后回答:"你想把天下都送给韦玄贞,怎么会没有罪?"

李显哑口无言,只能认账。大臣们早被眼前这闻所未闻的大阵仗吓得魂不附体。况且李显的罪名合情合理,面对大批刀剑加身的羽林军,谁还敢多管闲事。大家目瞪口呆地看着这场母子大战,废帝李显显然很不甘心就此结束短暂的皇帝生涯,他在朝堂上大吵大闹,咒骂武则天杀了哥哥,又要废了他的帝位,天下没有比她更残忍的母亲。

不过,无论李显如何不甘,也不能改变他被贬的事实,废皇后韦氏自然只能抱着儿子与他一起踏上前往房州的路途。在此后的10多年中,李显饱经风霜、倍尝艰辛。每次朝廷的特使前来,他总是担惊受怕,害怕武则天赐他一死。而与他相濡以沫、同甘共苦的也只有那个聪明反被聪明误的废后韦氏。

第十一章　太后的口味惊世骇俗

武则天的第四个儿子新皇帝李旦并未举行登基大典，便悄无声息地继位了。李旦被安排在偏殿，每天上朝纯粹只是摆设，真正的皇权已牢牢掌握在武则天手中。

李旦是个温柔怯懦的人，个性与李治很是相似，却有自己的心计和生存之道。他目睹哥哥们的悲惨遭遇，深深明白自己既没有资本也没有能力与母亲抗争，要想保住身家性命，唯有彻底远离朝政，无条件顺从母亲。在他看来，哥哥们都很有能力，但他们的致命弱点在于不能认清自己的身份和位置，总想摆脱母亲的掌控，从而实现自己的政治理想，这才逐个落败。李旦深信自己有非同寻常的智慧，那就是善于审时度势、明哲保身。

李旦的配合态度令武则天十分欣赏，她从此得以在政治舞台上放开手脚，尽情展示自己的才能和抱负。在这期间，她的得力助手是上官婉儿。前文提到，高宗时期的宰相上官仪因为帮助皇帝草拟了废后诏书而获罪，他不满周岁的孙女上官婉儿与母亲一起被没入掖庭为奴。遗传基因最是不可思议，尽管上官婉儿没有条件接受系统和正规的教育，但她的诗才还是令她名震掖庭。

武则天明知上官婉儿的身世，却还是将上官婉儿留在自己身边，封上官婉儿当了一个女官。武则天似乎想以这种方式弥补当年对上官仪的亏欠。上官婉儿并非不知武则天与上官家的世仇，但武

则天就是拥有这样一种魅力，令上官婉儿在与她共同工作的过程中，消除了对她的仇恨，代之以钦佩和服从。毕竟，是武则天将上官婉儿和她的母亲从掖庭宫暗无天日的生活中解救出来。

当然，在这个阶段，武则天身边的得力助手非常之多，除了上官婉儿之外，武则天的侄子武承嗣为武则天操持了不少事务。贺兰敏之被杀后，武承嗣继承了武氏家族所有的一切。在高宗李治去世之后，武承嗣又接任礼部尚书。武承嗣作为武则天的亲侄子，对于姑妈心中所愿可谓门儿清。于是，他大胆地面见武则天，提出从此国家都会归于武氏的说法。武则天心中暗喜，面上却不动声色，她深深懂得心急吃不了热豆腐，李唐王朝根深叶茂，就算想要取而代之，也得稳扎稳打，步步为营。

武则天指示武承嗣，做事要一步一步来，先打造舆论声势，证明称帝是天命所归，借此来削弱李唐皇族在百姓心中的威望。在此之前，她已私下派人去巴州逼死李贤，免得以后有人打着李贤的旗号造反。接着，改元"光宅"，改百官名和旗帜的颜色，然后再把东都洛阳称为神都，把洛阳宫改成太初宫，这样整个国家面貌焕然一新。武则天又指示武承嗣立武氏宗庙，追封武氏先人，将武氏五代以内的祖先封为王，夫人封为王妃。

武承嗣一听，明白武则天此举等同于向天下人暗示她称帝的决心。他心中激动万分，赶紧趁机提出升官的要求。武则天认为提拔自己人确实有利，于是将侄子武承嗣升为宰相，又将武元庆的儿子武三思提拔为兵部尚书。

武承嗣喜笑颜开，拍胸脯保证马上将诏书拟好。他召集礼部官员日夜赶工，终于将拟好的9条改革方案上呈。

武则天的这些做法引起了朝中大臣的不满，但是武则天并未听取朝臣意见，坚持将这个诏书上所有的条款火速落实到位。

对于武则天的一切行动，睿宗李旦都无条件支持，这令武则天在处理朝政过程中第一次感到无比畅快。

虽然，她的年纪已经不小，但因长久优越的生活和良好的饮食，武则天的精力十分旺盛。白天，她忙于政务，倒也并不觉得空虚，一到夜晚，她独自游荡在偌大的寝宫之内，常常感到无比的孤寂和失落。她的这种幽怨不足为外人道也，却被一个人看在眼里，她就是唐太宗李世民的妹妹千金公主。

从传统意义上来说，千金公主并不是个本分的女人。受唐朝开放的风气影响，再加上金枝玉叶的地位使然，千金公主从来只站在顺应女人天性的角度考虑问题，并不遵循传统礼教和社会主流价值观。男人可以三妻四妾，女人为什么不可以？她认为女人只能靠树贞节牌坊独自生活非常不公平。因此，这位公主在两任丈夫去世之后，依然对男女之间的乐趣孜孜以求。平时，她的主业就是吃喝玩乐、美容打扮以及蓄养面首。如今，这位公主虽已年过70，仍不断要求随从物色英俊健康的青年男子为她提供服务。

有一天，千金公主的侍女在洛阳街头发现一个舞刀弄枪贩卖膏药的小贩冯小宝。此人虎背熊腰、孔武有力，外加一张帅气面庞，绝对是大帅哥一枚。侍女心中暗喜，认为他非常符合千金公主的要求。在得到公主的首肯之后，侍女将冯小宝带进了公主的府邸。

冯小宝被强制沐浴更衣，又被安排饱餐一顿。忽然从天上掉下的大好事，令这个街头小贩无比惶恐，他害怕掉进了什么意想不到的陷阱中。很快，他被带到了千金公主的房间。虽然公主已是高龄，

但由于保养得当,在昏暗的灯光中,轮廓鲜明、身材丰腴的千金公主看起来依然是个美女。冯小宝一下子恢复了男人的自信,他自然而然地顺从了公主的要求。

春风一度后,千金公主对冯小宝非常满意,她打定主意要将这个男人献给武则天,让她摆脱单身生活的寂寥。于是,千金公主赶紧梳洗完毕,进宫面见武则天。千金公主随从很多,她让冯小宝假扮成侍女,混进了皇宫。

千金公主跟着宫女风风火火地来到武则天的寝宫,只见上官婉儿正在门口守候,她知道上官是武则天跟前的红人,不能得罪,赶紧笑吟吟地上前打个招呼,又塞给她一件贵重的小礼物,这才开口问她武则天今天心情如何。

上官婉儿叹息一声,说太后近来可能操劳过度,经常失眠发怒,动辄斥责下属,面容也憔悴了很多。

千金公主诡秘一笑,说她这次来便是带了医治太后的良药,如果上官婉儿需要,她可以另外准备一份。

上官婉儿一脸疑惑,不知千金公主有何秘方。公主这才凑到她耳边如此这般说了一通。上官婉儿毕竟年轻,听得脸红心跳,急忙摆手,她很怀疑,太后到底能否接受千金公主的唐突"献礼"。

千金公主一阵浪笑,说上官没见过世面,也不懂女人心。太后再能干,也不过是个女人,少不了正常的需求。

上官婉儿将信将疑,但看在千金公主出手阔绰的份儿上,还是代为通报武则天。武则天一听千金公主来到,心情好了些许,急忙召见。在李唐皇族中,武则天与这个曾经的小姑子的关系最为密切,因为千金公主从不以李唐皇族自居,每次见面都曲意逢迎讨好武则天。虽然明知千金公主虚情假意,但是在繁忙的工作之余,有人如此努力费心逢迎自己,武则天还是非常受用,更何况,此人还是大唐公主,这令武则天的虚荣心得到极大满足。

千金公主一见武则天,便三跪九叩极尽谄媚,武则天立刻赐她座位,与她闲话家常。千金公主假装斗胆要武则天恕罪,接着便拐弯抹角地提到了冯小宝。虽然武则天对这个小姑子的风流韵事时有耳闻,但是对她进献面首这个举动,倒是颇感意外,一时不知如何是好。千金公主见武则天不语,知道她内心犹豫,于是鼓起三寸不烂之舌,极力说服武则天,说此举有助于女人身心健康、延年益寿,唯有武则天健康安泰,才是社稷之福、大唐之福。

武则天被她说得心中痒痒,又不好直接表露,只好模棱两可地要她先把人送来再说。千金公主赶紧表示,人已经在殿外守候。武则天挥挥手,千金公主赶紧退下,吩咐冯小宝进入太后寝宫。

千金公主虽然事先已经教过冯小宝很多宫中的规矩,做过一番培训,但事到临头冯小宝还是有几分紧张。不过,他在街头摆摊练出来的厚脸皮帮助了他。灯光一暗,他心一横,纯粹把太后当成一个普通女人对待,倒也放开了手脚。

上官婉儿在殿外很是担心,询问千金公主是否需要进去探视一下,千金公主嘿然一笑,要婉儿稍安毋躁,不要打扰太后的好事。直到夜幕降临,武则天才传出命令,说冯小宝在此过夜,明日再送出宫,要上官婉儿自行处理一下相关事宜。上官婉儿这才放下心来。

翌日早晨,冯小宝被送出宫外。武则天虽然一夜未眠,但她依然准时起床化妆更衣上朝。冯小宝令她尝到了作为女人久违的快乐,但是她依然头脑清醒,有条不紊地安排着各项政事,向她称帝

的目标继续迈进。从此之后,每天晚上,冯小宝都被偷偷送进皇宫,陪寝武则天取乐,有了他的滋润,武则天心情愉悦,越发神采奕奕、意气风发,处理起朝政更加老辣。

自从有了冯小宝相伴,武则天似乎又重新找回了身为女人的乐趣,闲暇时光,她都与他一起度过。人非草木,时间一久,武则天对冯小宝产生了几分感情。这种感情,促使武则天决心对冯小宝的未来负责,她并不希望他的身份仅仅是她寝宫之内的禁脔,她希望她的男人能拥有一个堂堂正正的身份在社会上行走。她拥有至高无上的权势,但是究竟如何安排冯小宝,确实令武则天煞费苦心。最终,她安排冯小宝出家为僧,因为唯有僧侣这类六根清净的世外之人,才有资格出入后宫。

对于这个安排,冯小宝并不情愿,心知无法反驳,只得旁敲侧击问道,僧侣无法吃肉喝酒,不能近女色,如何还能侍奉太后。武则天笑道,僧侣身份只是一个掩护,剃度之后,他想如何都可以。另外,武则天认为冯小宝的名字实在太过俗气,难登大雅之堂,她将他的名字改为怀义,并赐他姓薛,与太平公主的驸马薛绍同姓。冯小宝沮丧道,薛家是贵族大户,怎么肯与他攀亲。武则天说自己一声令下,薛家如何敢不从,她还要薛绍以义父的礼仪对待冯小宝。冯小宝又问,太后权力如此之大,又何必还要与他偷偷摸摸,光明正大在一起,又有谁敢多嘴。武则天叹息一声,解释道,虽然她贵为太后,但是人言可畏,还是得顾全名誉,所以,改名薛怀义的冯小宝,以后可以用讲经的名义随时出入后宫来掩人耳目。

冯小宝见无法改变太后的想法,只得应允了。他伸手向太后要了不少好处,比如钱财、骏马还有权力,武则天无不一一应允。如此一来，目不识丁的街头小贩冯小宝摇身一变成了白马寺的住持薛怀义。当上住持之后，薛怀义利用自己的身份大肆招徕和尚，这些并不是普通的和尚，而是他的打手，他们在洛阳街头横行霸道、无法无天，平常百姓们对他们敢怒不敢言。

事实上，无论如何掩人耳目，白马寺住持薛怀义的身份早已被群臣识破，他们议论纷纷，对待太后的风流韵事各持不同的态度。相当一部分官员开始对薛怀义百般讨好奉承，希望他在枕边为自己多说好话，以期加官晋爵；而士族大户出身的官员则对他嗤之以鼻，认为他不过是太后的男宠，根本摆不上台面。无论朝臣们对此持何态度，武则天基本不予理会。作为优秀的政治家，她自信公私分明，对薛怀义的宠爱绝不会影响她对朝政的把握。同时，她认为自己蓄养面首的行为已既成事实，外界有所议论在所难免，总要让他们出了这口恶气，才能甘心为她服务。对武则天来说，薛怀义为她带来的切实的快乐才最为实际。

对薛怀义而言，他的痛苦却一日甚似一日。太后虽然给了他一个公开的身份，却并未给他明确的官位和名分，他再趾高气扬也不过是太后的一个男宠，随时有被丢弃的可能。在这种自卑压抑的扭曲心态下，薛怀义变得暴躁非常，他带领手下的僧侣胡作非为，只要看谁不顺眼，就抓住一顿暴打。他的行为惹恼了当地官府，但是他们不敢直接出头，便将薛怀义的劣迹层层上报。很快，与薛怀义一起为非作歹的假僧侣们被抓起来一批，薛怀义只好借武则天之威请其侄子武三思出面将他们保出。这件事加剧了薛怀义对朝臣们的愤恨。一次他故意寻衅，不给新任的宰相苏良嗣让路，结果犯了众怒，被人打得遍体鳞伤。

　　武则天见到鼻青脸肿的薛怀义很是吃惊，听他诉说原委之后，她虽然气愤，却也明白，此事是薛怀义理亏在先。另外，她更加清楚，这是个男权社会，若她还想顺利称帝就不能为了微不足道的男宠而得罪朝臣。因此，武则天只得劝他息事宁人。

第十二章　失意文人政客的最后一搏

正当武则天为称帝加紧排障铺路之时，3000里之外的扬州城内一个小酒馆中，一帮失意的文人政客正一边喝酒解闷一边指点江山。

为首的是英国公李勣的孙子李敬业。李勣便是当年在废王皇后立武则天为后的事情上立下大功的拥武派成员之一，他的儿子早已去世，爵位传给了孙子李敬业。可是李敬业在眉州刺史的位子上并不称职，被贬为柳州司马。李敬业认为自己的爷爷当年为国家出生入死，又为武则天立下过大功，武则天怎么可以如此对待忠良之后。

李敬业的弟弟李敬猷仕途也颇为不顺，他自认为自己做个小小的周至县尉已是屈才，结果还被罢免了。在扬州，这对难兄难弟遇到了同是天涯沦落人的魏思温和骆宾王。魏思温本是监察御史，出了点状况被贬为县尉，最终被革职。而骆宾王则是一位大诗人，却赋闲在家。另外还有几位被贬谪的官员也一并在扬州散心。

这些失意的文人政客聚集在一起，一边饮酒一边怒骂武则天。认为她在高宗去世之后，随心所欲地废立皇帝，更改年号，改变官名和旗帜，立武氏宗庙，升迁武氏子侄，大有夺取李唐天下之心。李敬业趁这个机会，号召大家奋起反抗，以匡扶庐陵王、扶持李唐王族为宗旨，把武则天从朝廷赶走。

借着酒劲，众人热血沸腾，纷纷叫好。其中也有人比较理性，问如果真的起兵，那么兵马从何而来。

关于这个问题，魏思温早就考虑好了，他将自己的计划细细说给众人听。他认为武则天倒行逆施、不得人心，如果他们振臂一呼，四海之内响应之人必会众多；况且李敬业是李勣的孙子，李勣生前的门生和提拔的官员很多，他们多数会支持李敬业；扬州的地理位置十分优越，如果在这里起兵，既能够直逼洛阳城，平定中原，也可以自立为王，形成南北两个朝廷。

李敬业是个志大才疏的纨绔子弟，他根本不知道自己究竟几斤几两，被魏思温撩拨得雄心万丈、气吞山河，似乎大唐天下马上就能够得手。其他文人的素质甚至还比不上李敬业，同样群情激荡，恨不能立刻跟着李敬业杀回中原。

魏思温先修了一封书信给好友监察御史薛仲璋，让下属韦超送去。薛仲璋看过书信，决定配合李敬业的行动。出发之前，他先去拜见了自己的舅舅裴炎，跟他汇报想去扬州巡视的想法，裴炎不知薛仲璋的本意，赞同了他的决定。

薛仲璋带着家小到了扬州之后，马不停蹄地召见了整个都督府的各级官员，令他们都见识到了御史的权威。第二天，都督府外有人击鼓鸣冤，状告长史陈敬之谋反。薛仲璋立刻下令将陈敬之抓捕下狱。府中官员很是诧异，纷纷为陈敬之求情，但是薛仲璋威胁他们，按照大唐律法，官员无论大小，只要有人告他谋反，就立即革职，如果经过审查证明无罪，自然可以官复原职。薛仲璋还要求大家各司其职，不许串联，否则追究他们同谋的责任，这样一来，没有人再敢为陈敬之求情。

接着，按照计划，薛仲璋谎称李敬业是朝廷新任命的长史，李敬业和薛仲璋里应外合，控制了扬州府，安排自己人接任了一些重

第十二章 失意文人政客的最后一搏

要岗位。李敬业命人去仓库取出现成的武器和盔甲，将关在扬州监狱里的犯人都放出来，组织成一支临时的新军。李敬业还草拟了一份共同讨伐武则天的盟书，逼各级官员签字。有人不从，李敬业便将对方杀死，杀一儆百，大家只好乖乖签上了自己的大名。如此一来，李敬业便可以自由调动扬州的军队。他还找来一个酷似李显的人冒充庐陵王，到各个部队做动员，取得了一定的效果。

李敬业选了个黄道吉日，与魏思温、李敬猷、薛仲璋等人召开誓师大会，正式出兵讨伐武则天。由于此次叛乱出其不意，所以开头还算顺利，周围几个县都被李敬业等人所占领。

消息传回京城，负责京城治安的武三思拿着大诗人骆宾王写的讨伐檄文，惊慌失措地向武则天报告，说一夜之间，这个檄文贴满了全城，李敬业十万大军势如破竹，已经攻下临近多个县城。

檄文如下：

伪临朝武氏者，性非和顺，地实寒微。昔充太宗下陈，曾以更衣入侍。洎乎晚节，秽乱春宫。潜隐先帝之私，阴图后房之嬖。入门见嫉，蛾眉不肯让人；掩袖工谗，狐媚偏能惑主。践元后于翚翟，陷吾君于聚麀。加以虺蜴为心，豺狼成性。近狎邪僻，残害忠良。杀姊屠兄，弑君鸩母。人神之所共嫉，天地之所不容。犹复包藏祸心，窥窃神器。君之爱子，幽之于别宫；贼之宗盟，委之以重任。呜呼！霍子孟之不作，朱虚侯之已亡。燕啄皇孙，知汉祚之将尽。龙漦帝后，识夏庭之遽衰。

敬业，皇唐旧臣，公侯冢子。奉先帝之成业，荷本朝之厚恩。宋微子之兴悲，良有以也；袁君山之流涕，岂徒然哉！是用气愤风云，志安社稷。因天下之失望，顺宇内之推心。爰举义旗，以清妖孽。

南连百越,北尽三河;铁骑成群,玉轴相接。海陵红粟,仓储之积靡穷;江浦黄旗,匡复之功何远!班声动而北风起,剑气冲而南斗平。喑呜则山岳崩颓,叱咤则风云变色。以此制敌,何敌不摧?以此图功,何功不克?

公等或居汉地,或协周亲;或膺重寄于话言,或受顾命于宣室。言犹在耳,忠岂忘心。一抔之土未干,六尺之孤何托?倘能转祸为福,送往事居,共立勤王之师,无废大君之命,凡诸爵赏,同指山河。苦其眷恋穷城,徘徊歧路,坐昧先几之兆,必贻后至之诛。请看今日之域中,竟是谁家之天下!

武则天不慌不忙,让人将《讨武氏檄》念了一遍,然后笑着对朝臣们说:"这样的人才没有用好,就是宰相的责任了。"朝上都是文官,原本均被叛乱之事吓得灵魂出窍,见武则天如此轻描淡写、面不改色,不由跟着放下心来。

武则天说,李敬业不过是个小毛孩,根本翻不出多大的风浪,还是赶紧多派些探子,去勘察扬州的情况。接着,她又跟大臣们商议如何平乱,兵部建议立刻出兵讨伐。

这个时候,武三思上奏武则天,说他带人在城里巡逻时,抓获了不少李敬业的探子,而且还搜出了李敬业写给李氏贵族韩王和鲁王的信件,约他们一起造反。武三思认为,这两位王爷是李敬业同党,应该斩首。

武则天没有开口,她想借此机会探探几位宰相的立场。

裴炎的回答出乎武则天的意料,他表示:"李敬业要求两位王爷参与谋反,是他单方面的想法,两位王爷是不知情的,所以不该获罪。"

武则天正想寻找机会铲除李唐皇室的血脉，见裴炎并不支持自己，很不高兴，不过她没有立刻表态，继续问裴炎："你是宰相之首，你认为应该如何平息此次叛乱？"

对此，裴炎给出了一个更加出乎意料的回答，他说："皇帝已经年长，但是始终不能亲政，这才给了外面的小人们借口造反，请太后还政于皇帝，外面那些人没有了口实，战乱自然会平息。"

裴炎此言一出，满朝皆惊，就连武则天也手足无措。当时朝廷的核心人物只有3人：武则天、李旦和裴炎。裴炎一向是她的得力助手，武则天完全没有料到，裴炎居然在这个时候向她发难，要她还政。

危急时刻，武三思和武承嗣充分发挥了他们的作用：他们一个怒斥裴炎，身为宰相之首，不思知恩图报，反而借此威胁太后，实在居心叵测；另一个赶紧上奏，说叛军中的薛元璋就是裴炎的外甥，他是李敬业主要的帮手，而且是裴炎允许他去扬州的。

裴炎这才解释道，他只是允许薛元璋前去扬州视察，对他谋反一事，事先确实不知情。

关键时候，监察御史崔詧跳出来说："你裴炎大权在握，还是先帝临终指定的顾命大臣。大敌当前，裴大人不但没有好的计策来平息战乱，反而为谋反的人找借口。如果没有其他的居心，你为什么要在这个特殊时刻逼太后还政？"

这时，凤阁侍郎胡元范说："太后招众臣来的目的是商议如何平乱，而不是讨论其他事情。现在李敬业的军队已经直逼润州，太后早点发兵才是道理。"

武则天一听有理，暂且撇过裴炎不谈，询问大家由谁带兵打仗

最为合适。有人提名老将裴行俭，有人推荐程务挺……

武则天认为大臣们的建议没有建设性，她亲自拍板，调动30万兵马，任命唐高宗的堂叔叔梁郡公李孝逸为主将，护送武则天和唐高宗安全回到洛阳的魏元忠为副将，立即出兵讨伐李敬业。

不少朝臣认为李孝逸已经年老，也并不擅长打仗，不适宜出征。武则天冷笑一声，朝臣们哪里懂得她的心思。李敬业这次打得就是匡扶李唐王室、帮助庐陵王复位的旗号，让李孝逸这样的李姓长辈去平乱，便是给天下人看看——李唐皇族并不支持李敬业作乱，令李敬业失去舆论支持。武则天知道李孝逸不懂打仗，便给他配了精明能干的副手魏元忠。

散朝之后，凤阁侍郎胡元范建议裴炎以后别再忤逆太后的意思，以免遭到贬谪。裴炎自知大祸将至，要求大家日后不要为他求情，坦然回家，等候发落。没过几天，圣旨下达，裴炎谋反定为死罪，家产充公，兄弟流放。胡元范、刘景先等都因为裴炎而被流放琼州。

裴府抄家的结果很是出人意料，堂堂宰相，居然两袖清风、一贫如洗。

几天后，武则天正在批阅公文，叫侄子武承嗣侍立一旁，吸取经验。武承嗣递上一份密奏，是边防大将程务挺遣快马送来的，奏章上为裴炎做无罪担保，恳求释放裴炎。

武则天一听，立刻决定杀死程务挺。武承嗣大惊，说攻打突厥，西部防务全指望程务挺，如何能将他杀死？

武则天叹息一声后表示：她清楚裴炎是个好官，程务挺也是良将，但是她不能够放过任何一个潜在的敌人。裴炎是高宗任命的唯一的顾命大臣，在朝中德高望重、一呼百应，唯有他才能与武则天抗衡。裴炎帮助武则天废了李贤和李显，拥立李旦为皇帝，实际上，却是武则天利用了裴炎的野心。而之后，随着各自地位和立场的转变，武则天和裴炎之间的关系开始变质。

裴炎深受礼教的束缚，内心对李唐王室十分忠诚，虽然他帮助武则天良多，但本质上，他是为了李氏江山的繁荣昌盛。因此，当武则天想为武氏建立宗祠，裴炎坚决持反对意见。另外，扬州叛乱伊始，武则天便想借此机会，杀死一大批李唐王族，而裴炎却极力反对。裴炎的人生理想应该是在李唐王朝做一个权臣，他的所有作为都为此服务，而武则天的最终目标是登基称帝，独揽朝纲。时间一长，武则天看清了裴炎的真正立场，这恰恰是她所不能容忍的。因此，裴炎谋反，只不过是她铲除异己的一个借口罢了。在扬州叛乱期间，杀死这样一个朝廷重臣，也许会引起动荡，但是对武则天来说，早点铲除这个离心离德的心腹之患，远比平乱来得迫切得多。至于程务挺，他并非武则天的嫡系，因为裴炎的大力栽培才紧紧团结在武则天的周围为她效力。如今裴炎将被除去，武则天唯恐程务挺为裴炎鸣不平，发动兵变，因此更不能留程务挺在世上。

武承嗣又问，如何风平浪静地处死程务挺？

武则天说，只需把程务挺调回京师，改任他职。命左鹰将军裴绍业接任程务挺的职务，等办完交接手续，让裴绍业杀死程务挺即可。罪名就是程务挺与李敬业、裴炎私通谋反。另外，在杀程务挺之前，得严守秘密，以防不测。

武则天顾虑前方战势，一直隐忍未发。直到李敬业之乱被平息，她才动手铲除程务挺。程务挺力战突厥多年，只要他在，突厥人便

害怕地退避三舍。如今,程务挺一朝身死,突厥人欣喜若狂,庆祝了几天几夜,又为程务挺建庙,供奉他为神仙,每次出征,都求他保佑平安。

李孝逸虽年事已高,但是毕竟畏惧武则天淫威,只得勉力带兵出战。他率领30万官军顺着运河南下,先遣小分队到了苏北一带,而主力部队则驻扎在临淮。

李敬业已经占领了润州,他好大喜功,正准备就地称王,却被魏思温催着率军北上迎敌,在高邮下河溪一带驻扎。同时李敬业命令他的弟弟李敬猷向淮阴进军,另外派人驻守盱眙的都梁山。都梁山号称东南第一山,是苏北和江南的天然屏障,易守难攻。

李孝逸胆小如鼠,不敢带兵长驱直入,行军缓慢,被李敬业的兵马抢占了军事要地都梁山,失去了进攻的先机。

武则天早知李孝逸的带兵能力,所以才派出了魏元忠跟随辅助。魏元忠见这位资深贵族很是爱惜性命,不肯豁出力气打仗,只好使了个计策,来逼迫李孝逸。魏元忠提醒李孝逸,身为李唐皇族的成员,更要努力打仗。只有打了胜仗,才能撇清与反贼的关系,否则战场失利事小,被武则天怀疑事大。李孝逸原本就是贪生怕死之辈,他不肯用心打仗无非是怕死,可他更清楚,有谋反嫌疑的人无论多么位高权重均死无葬身之地,既然伸头一刀缩头也一刀,那只得勇往直前,也许还有生存的希望。

魏元忠见李孝逸态度转变,心中大喜,赶紧为他出谋划策,建议他先行攻打兵力和个人能力都比较薄弱的李敬猷。李敬猷此时正在淮阴,李孝逸分出一部分兵马继续攻打都梁山,自己亲自率领大军攻打淮阴。

第十二章 失意文人政客的最后一搏

李敬猷手里的军队是临时凑齐的杂牌军,根本不堪一击。虽然他们有城墙做掩护,但是这群乌合之众站在城头眼见正规军浩浩荡荡地挺进淮阴,早吓得丢盔弃甲,四散而逃。李敬猷见形势不妙,急忙化装成平民百姓,夹杂在人群中溜之大吉。

收复淮阴之后,李孝逸带领的大军士气大增,乘胜追击,准备与李敬业的大军对决。然而,李敬业早有准备,设下圈套守株待兔,杀得官军片甲不留。

魏元忠并不气馁,他利用风向,定出火攻之计。李敬业的军队连日奋战,早已疲惫不堪,再加上粮草军费等都不够充实,战斗力大大减弱。当大火逼近,叛军人人心惊肉跳,士气全无,争相逃命,李敬业斩杀数百人于阵前以示警戒,依然无济于事。兵败如山倒,李敬业见大势已去,只得与弟弟李敬猷、骆宾王等人带领小股部队逃到江都,准备带着家小走海路,逃窜到高丽。

李敬业的爷爷李勣是大名鼎鼎的徐茂公,高丽人对这个与诸葛亮齐名的人物奉若神明。李敬业天真地以为,一旦逃到高丽,高丽人一定会将他视为上宾,好生款待,说不定,他还可以东山再起,杀回中原。李敬猷对哥哥的话深信不疑,骆宾王却不置可否,而李氏的部下早已对这两个主子不满至极,时刻寻找着逃脱的机会。

机会很快就来了。由于在海上遇到逆风,天气又变得恶劣,大船无法前进,李敬业只好让人靠岸,自己带着骆宾王上岸打探情况,补充供给,留下弟弟李敬猷看守船只。他反复告诫弟弟千万不可休息,一定得提高警惕,这才安心上岸。然而,李敬猷是个头脑简单的公子哥儿,哥哥一走,他便经受不住疲累昏昏沉沉进入梦乡,在梦中被起了异心的侍卫杀死。不知内情的李敬业和骆宾王回转过来之

后,也遭毒手。他们的头颅很快被割下,送往武则天的凤案前领赏。

这是武则天临朝之后遇到的第一次严重内乱。但她反应敏捷、指挥若定、迅速平乱,展现出优秀的政治素质。她的胜利还取决于几大优势。

军事优势自不必说。官方出动30万经过严格训练的正规军攻打仅有10万人的乌合之众,不说胜算在握,至少也是双方对比实力悬殊。

民心优势也是取胜的关键。武则天临朝以来,大力提高公务员待遇,提拔中下层官员,笼络了大量的人心。就连李敬业的叔父润州刺史徐思文亦向武则天告密,事后,武则天为表彰其忠心,赐其李姓。同时,武则天临朝期间,一直采取休养生息政策,劝农桑,薄赋税,百姓安居乐业,他们并不在乎谁当皇帝,但无一例外地反对战争破坏他们的正常生活。

同时,政治优势也不可或缺。武则天只是临朝摄政,并未废掉皇帝取而代之。李敬业却还打出扶持李唐王族的旗号,显得师出无名。

应该说,此次叛乱的平息,对整个唐朝的发展都极为有利。如果李敬业得逞,与唐朝南北割据,又将阻碍生产力的发展,贞观之治后社会经济进步的势头将会减弱,30年后的开元盛世就会延缓或者根本不会出现。当然,历史不可以假设,故且论之。

第十三章　酷吏来了

武则天经历了扬州叛乱、裴炎逼宫等等考验，再次回忆起自己一路走来的艰难困苦和心酸血泪，不由感到愤怒和不解：她多年来兢兢业业，呕心沥血，为国为民，百姓的安居乐业，满朝文武的荣华富贵都是她给予的，但是天下人为何这么容不得她临朝亲政，难道仅仅因为她是个女人？

其实，武则天未必没有还政于皇帝的念头。可是，她的这几个儿子太不争气，根本不具备君王气质和能力，即便作为儿子也是失职。若是让他们掌权，不仅无法治理好江山，更不会对她这个母亲有丝毫尊重和感恩。因此，于公于私，武则天都必须牢牢把江山握在手中。

武则天认为，她必须想出一个方法，检验一下究竟有多少人跟她离心离德，以便一举将他们铲除干净。于是，她立刻拟了一道懿旨，交给皇帝李旦曾经的老师刘祎之，武则天知道此人是最希望李旦亲政的。

果不其然，刘祎之一接到懿旨喜出望外，立刻去找李旦，告诉他这一天大的好消息。李旦每天躲在自己的寝宫里与宫女玩乐消磨时间，刘祎之与武承嗣带着懿旨到来之时，他还在醉生梦死之中。

见到懿旨，李旦喜出望外。在李旦接旨之后，刘祎之先行离开，武承嗣却借故留下。李旦高兴地对武承嗣说，以后跟着他好好干，

他一定会提拔武承嗣。

武承嗣见李旦如此幼稚，心中暗笑，提示李旦道："扬州叛乱时，裴炎带人逼宫，借机让太后还政于皇帝。如今，叛乱已平，太后做出这个姿态，以堵住天下悠悠众口。如果皇帝当真，那可真是太可笑了。"

李旦惊出一身冷汗，他知道武承嗣的这番话代表了武则天的真实意图，他有再大的胆子也不敢跟母亲作对，否则几个哥哥的下场，就是他的榜样。

李旦思来想去，找人备好笔墨纸砚写了一张辞呈，表示坚决不接受母亲的还政，要求武则天继续临朝。

第二天刚刚上朝，李旦便恭恭敬敬地递上辞呈，再三向武则天和满朝文武表示，自己才疏学浅、经验不足，无法治理这么大的国家，要求武则天收回懿旨。

武则天假意推脱了几次，皇帝执意坚持，她便装出一脸无奈，向满朝文武表示，皇帝拒不亲政，因此自己只好再辛苦几年，代为临朝。

明眼人都能看出，这不过是武则天和李旦合演的一出戏，李旦依然是武则天手中的扯线木偶，根本不敢有任何反抗之举。不少朝臣暗自叹息。

朝臣们的不满，武则天看在眼里，她心中冷笑：你们这些没有良心的东西，我给了你们这么多好处，可你们不但不知道感恩还要我交出权力，以后看我怎么收拾你们。她朝武承嗣一使眼色，武承嗣立刻会意，上前启奏道："这次扬州叛乱是因为不少失意的官僚散播谣言、发泄不满造成的。太后一向赞成广开言路，因此，请太后再次发出广开言路的懿旨，让天下人都有自由发表言论的自由。"

朝臣们都是在政治漩涡中打滚成长起来的，一听武承嗣的启奏就明白了他的言下之意——建议武则天鼓励大家告密，打小报告。

刘祎之第一个站出来反对，他说："太宗皇帝和先皇都反对打小报告，而且坚决反对提交匿名信告密，先皇认为喜欢打小报告的都是小人，对国家社稷不利，所以，万万不能助长这个风气。"

武则天恨得咬牙切齿，她暗想：你这个老家伙，要我还政给皇帝的人是你，现在反对大家告密的人又是你，看来，你是准备跟我唱反调唱到底了，我就是要鼓励大家告密，我倒要看看，你到底背着我还有多少小动作。

于是，武则天说："做事不一定要墨守成规，要顺应时势。"她下令立刻设置举报箱，允许天下人不论身份、不分等级都可以告密。

此时，早有准备的大臣鱼承晔，急忙走出队伍，上奏道，他的儿子鱼保家设计了一个举报箱，名叫铜匦。铜匦的结构很是巧妙，外形四四方方像个箱子，东南西北各有一个投书口。东面的投书口叫作"延恩"，可以向朝廷自荐做官，或者提交促进农业或人民福利的计划；南面的投书口叫作"招谏"，可以议论朝政，提出对政府的批评；西面的叫作"申冤"，有冤屈的人可以投书；北面的叫作"通玄"，用于报告预兆、预言和密谋。告密信一旦投进铜匦，就没有办法再收回，唯有专用钥匙的保管者才能打开。

武则天一听，十分高兴，连忙问是否有样品可以查看。鱼承晔便提出让候在殿外的儿子鱼保家将样品呈上。武则天反复观看着这个精致的举报箱，简直爱不释手，她当场宣布将鱼保家升为五品官，在工部供职，亲自负责制造铜匦。

铜匦很快得以完工，武则天责令专人负责，每天开启铜匦，整理里面的告密信。所有的信件都由武则天一人查看，其他人不许染指。

武则天认为仅仅让朝中之人互相监督告密依然不够，群众的眼睛是雪亮的，要发挥广大百姓的力量。于是，她又拟好懿旨，向全国发出通告，允许所有百姓上京告密。即使是贩夫走卒、农民猎樵，只要向官府表示要到京城告密，地方官不得过问，并且要立刻为对方免费供应马匹和五品官的食宿。这样一来，"告密举报"在全国上下蔚然成风。

设立举报箱只是第一步。紧接着，武则天再次试图抬高武氏家族的威望和地位，她授意武承嗣提议修建武氏宗庙。

如今的武承嗣已是今非昔比。他笼络了一批自己的爪牙，遇事不用亲自出头露面，只需要手下去办即可。很快，就有大臣在上朝时提出了设立武氏宗庙的要求。武则天听到这个提议非常高兴，她抓住这个话题大做文章，说朝臣们多次提议建立武氏宗庙，只是她一直谦虚没有接受，如今有人公开在朝堂上提出这个建议，她却之不恭。那么大家就商量一下，应该给宗庙设几个室，宗庙应该叫什么名字。其实武则天早就想好，武氏宗庙按皇帝宗庙的格局设7个室，叫作太庙。

提议建武氏宗庙的大臣按照武则天的心意说了一遍。没想到，这个提议却遭到朝臣们的一致反对。武则天见时机还不成熟，没再坚持建太庙，但是武氏宗庙非建不可。经过再三商议，最后定下武氏宗庙建五室，名为崇先庙。

在建立宗庙的事情上，武则天和朝臣们各退一步，达成一致，但是武则天对此耿耿于怀，她决心要把这一局扳回来。于是，她马不停蹄地提出效仿周制建"明堂"的提议。明堂是中国先秦时帝王会见诸侯、进行祭祀活动的场所，是帝王宣明政教的地方。武则天不容朝臣质疑，立刻让他们赶制出图纸，确立建造地点，上交给她。但是，当大臣们加班加点将图纸和地点定好之后，武则天表示出了不满。她提出，把乾元殿拆除，然后建造明堂。这次，无论大臣们如何反对，她都坚持己见。事实上，武则天早就定下了主持明堂建设工作的人选，那就是她的男宠薛怀义。

建设明堂的念头，在武则天心中浮现过无数遍，只是从未像这次这般强烈。她最清楚，唐太宗李世民和唐高宗李治都曾经萌生出兴建明堂的想法，但是他们都爱惜国力，担心建造耗资如此巨大的建筑会带来不良社会影响，因此都未将此付诸实践。

武则天是一个特别注重形式的人。扬州叛乱的迅速平息令武则天相信自己是天命所归，唯有气势恢宏的明堂才能证明她真命天女的身份，同时表达她对上天的万分尊崇。

朝臣们对于薛怀义来主持明堂建设工作议论纷纷。武则天依然我行我素，她并不认为，朝廷中受儒家礼教熏陶长大、墨守成规的老臣们能承担起如此大任，她不希望她心目中的圣地被他们修建成如他们一样的老古董样式。尽管薛怀义只是个男宠，但是，在朝朝暮暮的耳鬓厮磨中，武则天逐渐对他产生了难解难分的情感。作为女人，自然希望自己的男人有所作为，被人刮目相看，她在与薛怀义的相处中，发现了他有别于朝臣们的特立独行的创意和才能。因此，她有理由相信，薛怀义会带给她一个耳目一新的明堂。

很快，薛怀义带着武则天的殷切希望和批给他的大笔建造费，率领着几万名工人前往隋炀帝时代的乾元殿。这座有着两百多年历

史宏伟壮丽的宫殿，随着薛怀义的一声令下，在工人们的铁锹锤子之下轰然倒塌。从某种意义上来说，薛怀义是个称职的工头，他日日夜夜镇守在工地上，监督着工人们加班加点，从此荒废了太后枕畔的工作。尽管，武则天独守空房寂寞万分，当她远远望见明堂高大壮观的廊柱一根根直立起来，明堂影影绰绰初见轮廓，她的心也跟着激荡雀跃，由此原谅了薛怀义在午夜的缺席。

由于武则天的高度重视，经费人力也十分充足，明堂的工程进度极快。几万名工人夜以继日轮班上阵，不时有工人累死或是出施工意外。经过一年左右的奋战，巍峨宏伟的明堂终于建成。它的高度近三百尺，方圆三百丈，一共三层。其实，这个明堂最为出彩的部分，便是顶端，九条巨龙齐捧着一个圆盘，圆盘上面赫然是一只金光闪闪的凤凰。武则天称帝之心，借助明堂这座前无古人后无来者的建筑可谓表达得非常清晰。

明堂落成之日，武则天带着文武百官前往参观。她对明堂别具一格的恢弘气势和构造赞不绝口，并将新落成的明堂命名为万象神宫。

寸步不离她身畔的武承嗣对武则天的心意了若指掌，只见他快步上前跪倒，向武则天道贺，同时提出薛怀义监制明堂，功不可没，建议将他升迁，以示嘉奖。武则天大喜，立即封薛怀义为梁国公，左威卫大将军。太子通事舍人郝象贤却站出来表示反对。武承嗣见他太不识相，急忙斥责他道："太后金口玉言，怎可随便收回成命？"百官们早知武则天偏爱薛怀义，赶紧附和武承嗣。于是，薛怀义即刻上前领旨，在百官的朝贺中，完成了一个街头混混到朝廷大员的华丽变身。

第十三章 酷吏来了

　　武承嗣原本便是见风使舵善于逢迎之人。他见武则天宠幸薛怀义，便将他视作上宾，凡事都为他着想，讨好于他，以便他在武则天面前为自己美言。万象神宫落成之后，薛怀义借光加官晋爵，武承嗣便赶着替他张罗酒宴，为他庆功，满座皆是溜须拍马之人。其中有个未来十分著名的人物"酷吏"周兴，时任秋官侍郎。此人心狠手辣，最擅长制造冤假错案，凡是落在他手里的犯人，不是受刑不过屈打成招便是冤死在牢房之中。此时，他的名声还没那么响亮。

　　酒席间，大家谈起了郝象贤反对薛怀义升官之事。薛怀义在现场碍着武则天的情面不便多言，此时，身边都是自己人，又多喝了几杯水酒，他自然而然露出了街头小贩的真实面目，在席间破口大骂郝象贤多管闲事，企图坏他好事。

　　周兴一听，发挥自己特长的机会来了，便一拍胸脯保证为薛怀义狠出一口气。酒宴结束，周兴马上开始行动，四处搜罗郝象贤的罪证。可是郝象贤是前朝宰相郝处俊的孙子，家境优越，人品纯良，实在找不出什么差错。不过，这可难不倒周兴，无中生有向来是他的强项。周兴差人在郝象贤的家奴中寻找突破口，终于被他找着一个。周兴威逼利诱让这个家奴写了一封信密告郝象贤谋反。然后，周兴便拿着告密信去见武则天。

　　武则天看过告密信之后并不相信郝象贤会谋反，但是周兴言之凿凿，说郝象贤仗着有钱四处招兵买马，图谋不轨。这令武则天想起了郝象贤当面阻止自己封赏薛怀义的事，颇为不悦，就算这个人不谋反，至少跟自己不是一条心。这样一想，武则天便同意将郝象贤收监。

　　万象神宫那日顶撞过武则天之后，郝象贤也颇觉后悔，但是事

已至此，也无可挽回，更无计可施。近来，有关薛怀义会找他报复的风声不时传来，同僚们都让他小心为妙，这令他更加心烦意乱。正在郝象贤日夜担忧之时，周兴率领一群如狼似虎的手下破门而入，将郝象贤一家都绑进了刑部的监狱。

郝象贤知道谋反是株连九族的大罪，一开始哪里肯认，但是在周兴轮番的酷刑折磨下，可怜这娇生惯养长大的公子哥儿，只得画押认罪。

武则天看到郝象贤的认罪书，依然不信他会谋反。她允许周兴抓他，只想吓唬吓唬他，杀杀他的傲气，并非真想处死他。

周兴何等聪明，他见武则天犹豫不决，心里不由恐慌起来。这郝象贤可是朝廷重臣之孙，背景根深叶茂，关系错综复杂，如果这次整不死他，难保他不伺机报复。不行，一定得置他于死地，而且要斩草除根。周兴眼珠转了转，生出一计。他干咳了一下，提醒武则天道："太后，您还记不记当年，先帝高宗身体抱恙，精力不济，试图禅位于您，就是这个郝象贤的爷爷郝处俊极力阻挠，先帝这才变卦。郝象贤跟他爷爷一条心，根本不会甘心臣服于您，日后还不知会惹出什么乱子来。"

武则天一听有理，冷笑一声，判了郝象贤死罪。

这样一来，等于把郝象贤全家都推上了绝路。郝象贤全家老老少少几十口人被一同押解到刑场砍头，一路上嚎哭尖叫，惨不忍睹。郝象贤并不甘心受死，他大声对围观的百姓说："太后淫乱后宫，包养面首，还诬陷他谋反……"还没等郝象贤说完，刽子手便把他抓住，一刀将他的头颅砍了下来。接着，刽子手如砍瓜切菜般解决了郝象贤的家人。官兵们则努力驱赶围观的百姓，不许他们交头接耳。

现场变得混乱不堪,一旁监斩的武承嗣见状,气急败坏地辱骂周兴:"看你干的好事,这件事肯定瞒不过太后,你就等着受太后的责罚吧。"

周兴吓得魂飞魄散,急忙将武承嗣请到家中,送给武承嗣许许多多的钱财,求他帮助自己开脱。周兴又找来薛怀义,同样给了不少贵重的礼物,求薛怀义在武则天面前为自己说说好话。有钱能使鬼推磨,有了武承嗣和薛怀义保驾,武则天对于郝象贤在刑场辱骂太后这件事虽然发了一通火,但总算没有惩罚周兴,只是下令日后行刑之前,必须将囚犯的嘴巴封住,不许他们在临死前胡言乱语。

第十四章　不给力的皇族叛乱

　　武则天近来一系列的举动,武承嗣都看在眼中。他认为,姑姑武则天之所以设立举报箱、建武氏宗庙、修万象神宫、任用酷吏斩杀异己,无不是在为她登上皇位铺路。但是,在天下人眼中,国家始终是李唐皇室的,姑姑再能干,也不过是李家的媳妇,暂代政权而已。无论是作为侄子还是臣子,武承嗣认为自己有义务帮助武则天达成心愿,至少帮助她往前再走一步,令她离皇位的距离再近一点。武承嗣这么尽心尽力帮助武则天,其实也不无私心;只要武则天当权,他的荣华富贵就可以保住;若是武则天成了皇帝,那他作为武氏家族的长子嫡孙,甚至有继承皇位的可能,这样的好事,怎能不让他费尽心机、蠢蠢欲动?

　　这天,武则天正在与群臣议事,武承嗣忽然求见。他来到殿前,一脸喜色地向武则天禀报,说洛水之中出现一块神石,这是自尧舜之后首次出现的祥瑞之兆。

　　武则天见武承嗣如此兴奋,便示意他继续说下去。

　　武承嗣擦了把汗,装出更兴奋的样子汇报道:"洛水边上有个叫作唐同泰的人捡到一块神奇的石头,上面刻着八个大字'圣母临人,永昌帝业'。"

　　武则天何等聪明,立刻明白了武承嗣的意思,她心中暗喜:这小子,还真有点小聪明!于是,她顺水推舟道:"现在神石在哪里?"

武承嗣回答:"发现神石的人知道这是天意,不可耽误,急忙扛着石头前来求见,现在正在殿外等候太后的传召。"

武则天有意要让群臣亲眼看到神石,便起身亲自接见这个献宝之人。殿内的群臣正丈二和尚摸不着头脑,但见武则天起身,只好跟在她身后,一起去看个究竟。唐同泰一见太后带着群臣驾临,急忙将事先和武承嗣一起商议好的发现神石的过程说了一遍。唐同泰说得天花乱坠、神乎其神;武则天听得满脸喜色、频频点头;而大臣们则诚惶诚恐、面面相觑。

武则天暗暗感谢唐同泰为自己的称帝之路打造舆论声势,所以重赏了唐同泰,还封他做了一个不小的官。随即,武则天下令,准备封这块石头为"宝图",又称"天授宝图",并封洛水之神。她降旨要全国所有都督、刺史和皇族宗室到神都集合,她要带领这些王公大臣们共同前往洛水,亲自行拜洛水。

公元688年,神都洛阳南郊外的洛水畔,旗帜飘扬、人声鼎沸,百姓们被皇家卫兵拦在圈外,挨挨挤挤地观赏太后武则天亲自参拜洛水的仪式。与喧哗万分的百姓相比,站在参拜台周围的李氏皇族和文武百官却默默无语。

吉时一到,身着衮服的武则天便在上官婉儿的搀扶下,踏上红地毯,在百官和宗室的夹道陪衬下,仪态万方地走上参拜台。仪式完成之后,武则天又命近侍宣读册封洛水之神的诏书,她将洛水之神封为"显圣侯",封洛水为"永昌洛水",并将神石出现的地点命名为"圣泉图"。武则天还为自己加了个尊号"圣母神皇"。这个倒不是武则天自己的发明,不过提出这个封号的大臣亦被武则天迅速提拔了,以此告诉朝臣"顺我者昌,逆我者亡"。

第十四章 不给力的皇族叛乱

武则天的一系列非常之举,并非只有武承嗣能读懂其中深意。李氏皇族的子孙们不是傻瓜,他们看出了武则天夺取皇位的意图。武则天懿旨要求所有李氏皇亲在洛水边集合,这更令他们惶恐不安。李氏皇族们分析,武则天很可能借此机会向他们集体开刀、一网打尽。

当时,李氏皇族中以韩王李元嘉辈分最高,他是唐高祖李渊的第十一个儿子,地位最为尊贵,且精明能干,从小就有神童的盛名,李氏皇亲均为李元嘉马首是瞻。于是,大家纷纷跟李元嘉商议,问他在这种形势下,应如何自保。

李元嘉仰天长叹,说:"如果太宗皇帝还在,李氏家族何至于沦为武则天刀俎下的鱼肉。现在这个女人大权在握,又是立宗庙又是建明堂,如今,又要参拜洛水,称帝之心昭然若揭。这次,她摆明了要将李氏皇族成员消灭,与其坐以待毙,倒不如大家联合起来搏一搏。"

李氏皇族子弟多数在洛阳附近担任刺史,如果齐心协力一起出兵,可以对洛阳形成合围之势。在韩王李元嘉的首肯下,他们计划打出匡扶李唐的旗号,以便得到大家的响应。

李元嘉让自己的儿子伪造了一份皇帝李旦的亲笔书信送到越王李贞的儿子琅琊王李冲手中,信上说皇帝被幽禁,请求诸王发兵救出皇帝。李冲一看怒发冲冠,立刻对送信人表示,武则天太过跋扈,想要谋权篡位,自己打算出兵讨伐武则天,顺便救出皇帝。

李冲的亲信们帮助李冲召集辖区内的地方官,出示皇帝的书信,发动大家跟随李冲反武。县官们并不情愿对抗朝廷,有人说,要不再看看形势,等别人发兵,我们再动手也不迟。有人干脆沉默不语,

其实心中另有打算。譬如武水县令郭务令。

正当李冲点兵完毕即将出征之时，郭务令不但没有带兵支援，反而修书一封与李冲撇清关系，气得李冲立刻决定，首先攻打武水县。郭务令搬起石头砸了自己的脚，当他听说李冲已向武水县开拔，吓得立刻想跑。但郭务令转念一想，弃城而逃也是死罪，不如先行守城，再等待救援。郭务令赶紧派人飞马传书给临县莘县县令马玄素。马玄素被郭务令的书信吓傻了，等他回过神来，想起的第一件事便是向上级官府求救。待紧张的情绪稍稍平复，马玄素又让探子赶快去看看李冲大军的虚实和进度。不一会儿，探子回报说李冲等叛军不过几千人马。原本心惊胆战的马玄素听闻叛军人数如此之少，不由精神大振，立刻鼓动辖区内百姓和民兵组织再加上衙役等人组成一支杂牌军，赶往武水县与郭务令汇合。

这边厢驻守武水县城的兵士刚刚完成布防，那边李冲的人马就已经赶到。无论李冲等人在城墙下如何叫骂，郭务令就是不开城门，李冲只好下令攻城。武水县的士兵也不甘示弱，纷纷站在城头放箭。李冲见状，下令火攻，谁料大火刚刚燃起，风向改变，烧向李冲的队伍。有人趁机在队伍中大喊，跟着李冲攻城是造反，是死罪，要杀头的。李冲的军队原本便是匆匆集结，很多将士对于为何起兵一头雾水，一听这话，再加上大火来袭，军心马上溃散，大家都东张西望，准备开小差逃跑。

李冲见势不妙，带头把蛊惑军心的人斩首示众，兵士们更是逃之夭夭。不一会儿，只剩下李冲的几十员家将还守护在他身边。百般无奈，李冲只得带着残兵旧部退回博州城。

谋反的逃兵早已逃回博州城，告知大家琅琊王李冲的谋逆行为。满城百姓人心惶惶，逃得逃，躲得躲，纷纷退避三舍，城中秩序大乱。琅琊王一回到博州城，立刻被妄想立功受奖的手下所杀。

原来，李冲之所以还未准备充分便匆匆出兵，是因为他造反的消息泄露——韩王李元嘉的侄子李蔼偷偷向武则天告了密。李冲得知事情败露，无计可施，只得匆忙在博州起兵。

琅琊王李冲已死，武则天派出平定叛乱的大军却在李冲死后的几天才到达博州城。带领十万大军前来平乱的首领是丘神勣，这在当时可是个令人闻风丧胆的人物，据说，他连废太子李贤都敢动手杀害，更何况其他官员百姓。丘神勣带领大军一路耀武扬威来到博州，探子向他报告说琅琊王李冲已死，叛乱已平。尽管如此，丘神勣仍未放过杀死李冲向朝廷投诚的人，他下令将城中文武官员都屠戮殆尽，对于豪门世家抄家灭族，赶尽杀绝。一时间，整个博州城血流成河、烧杀声震天。而丘神勣却因此搜获了大量的金银珠宝，发了一笔横财。

古代消息闭塞，李冲已经战败身死，他的父亲越王李贞却还未得知。李冲出兵之时曾向李氏诸王发出通知，希望他们起兵响应，其他王爷接到信息都按兵不动，只有李冲的父亲李贞积极行动起来。李贞召集了各县县令、县丞，大摆筵席，在席上大声声讨武则天，希望大家与他一起起兵，推翻武则天，匡扶李唐皇室。可是，这些县官们都默默无语，各自打着自己的算盘，不愿表态。

李贞知道，他们舍不下自己的荣华富贵，不愿做冒险的事情。对此，他早有准备。席间，李贞大搞封建迷信活动，找来一位巫师，令其念咒画符，并测算出李贞此次出兵一定一帆风顺、直捣黄龙。古代人十分迷信鬼神这一套，被这位巫师云里雾里一番鼓动，心思

都活络起来,渐渐相信了李贞,一部分人愿意追随他一起起事。但是,上蔡县令依然不愿造反,趁着众人不注意,带人逃跑了。

李贞大怒,立刻带人攻陷了上蔡县。但是,上蔡县县令等人早已远逃。正当众人犹豫不决,究竟是和琅琊王汇合还是守城的时候,传来了李冲兵败身死的消息。李贞听到噩耗,肝肠寸断,当他得知朝廷派出10万兵马前来讨伐他,他立刻打算向武则天投降,亲自去洛阳领罪。但李贞手下的大将裴守德坚决反对,认为即使投降,以武则天的性格也断不会放过他。此时,有位县令带领了2000多民兵前来支援李贞,李贞一下信心大振,他将女儿许配给了大将裴守德,接着召开誓师大会,准备与武则天派出的兵马决一死战。

10万官军很快到来,李贞站在城头望着女婿和儿子带着几千兵马与他们厮杀,心知毫无胜算可言,于是,便召集一批僧侣在城头念经祈求上苍保佑。李贞方面很快溃不成军,他的女婿和儿子奋力杀出重围,企图保护李贞父女带着细软家私一起逃出城区。可是,全城各个城门都已被官军封锁,无奈之下,越王李贞和妻子儿女一起自杀身亡。

见越王李贞全家已死,城内众官员急忙跑出去迎接朝廷的军队,主动投降,并撇清跟李贞的关系。朝廷派来的领队立功心切,带着李贞等人的人头回去邀功领赏,留下张光辅处理善后。

张光辅私心甚重,出于个人不可告人的目的,他在豫州期间,拼命扩大李贞案件的涉及范围,污蔑几百户无辜百姓为同党,籍没者5000多人。张光辅的士兵到处烧杀掳掠,抢人钱财、夺人妻女。张光辅的所作所为,都被写成告状信如雪片一般飞向豫州新任的刺史——狄仁杰。

狄仁杰，出生于一个官宦之家。祖父狄孝绪，贞观时期任尚书左丞，父亲狄知逊任夔州长史。狄仁杰通过明经科考试及第，出任汴州判佐。时工部尚书阎立本为河南道黜陟使，狄仁杰被人诬告，阎立本受理讯问。阎立本不仅弄清了事情的真相，还发现狄仁杰是一个德才兼备的难得人物，谓之"河曲之明珠，东南之遗宝"。于是，阎立本推荐狄仁杰当上了并州都督府法曹。

唐高宗仪凤年间（公元676—679年），狄仁杰升任大理丞，他刚正廉明，执法不阿，兢兢业业，一年中判决了大量的积压案件，涉及1.7万人，无冤诉者，一时名声大振，成为朝野推崇备至的断案如神、惩奸除恶的名侦探。

此次，狄仁杰出任豫州刺史，还没有正式到任，他便四处微服私访。在走访中，狄仁杰发觉豫州民不聊生、民愤甚大。狄仁杰到任之后，立刻将张光辅的军队赶到郊外驻扎，同时贴出安民告示，要百姓重操旧业，维持豫州正常的社会秩序。他还重新着手审理被张光辅判处死刑的5000人的案件。

张光辅对狄仁杰到任后的所作所为极度不满，他派人到武则天面前告了狄仁杰的黑状。太后武则天的特使很快到了豫州，要求狄仁杰迅速将5000人处死，狄仁杰拒不接受。他认为这五千人冤情甚大，人命关天，一定要将他们的性命保住。经过深思熟虑，狄仁杰先想法稳住了特使，再投武则天所好，采取她喜欢的告密的方法，修书一封，差遣家仆带着书信上京，悄悄交给武则天。

张光辅再三寻衅，要求狄仁杰负担军队所需物资。狄仁杰却说，张光辅在豫州大搞连坐政策，同时纵容属下到处行凶，百姓安稳度日尚且困难，哪里还有余钱去养军队。再说，一切军需自有朝廷

发放。一句话，不给钱！

正在双方僵持不下之际，懿旨到达，武则天亲自下旨，改5000人的死刑为流放。在狄仁杰的斡旋下，终于保住了被张光辅判了死刑的5000人的性命。张光辅见状，倒不敢贸然跟狄仁杰叫板，只好暂时忍下一口气。

第十五章　剪除李唐羽翼

　　玄武门外，满面春风的神皇太后武则天接见了得胜归来的大将丘神勣等人，还参观了在博州、豫州战乱中缴获的兵器甲胄。对于此次迅速平乱，武则天赞不绝口，将有功之臣大大封赏了一遍。不过，胜利的喜悦并未冲昏武则天的头脑，她始终不忘自己的初衷，那就是登基为帝。这次叛乱，正好给了武则天一个惩治李氏皇族的机会，她暗示武承嗣，越王和琅琊王叛乱案件的审理工作要细密翔实，宁可错杀一千不可放过一个。武承嗣当然明白武则天的意思——她想借此机会将李氏皇族一网打尽，为自己的称帝彻底扫清障碍。

　　负责审理本次谋反案件的监察御史苏珦对武则天的想法心知肚明，不过他为人清高耿直，不愿为武则天所用。苏珦审理了很多天，最后判涉嫌作乱的韩王李元嘉等人无罪，将他们释放回家了。

　　武则天听了武承嗣的汇报，将苏珦招来查问。苏珦侃侃而谈，说琅琊王李冲和越王李贞作乱属于个人行为，其他诸王接到他们的通告并未起兵响应，也来不及向朝廷报告。所以跟谋逆事件并无关系的人已经按照大唐律例释放回家了。

　　武则天闻此很是不悦，但她清楚苏珦的为人，因此并不理会武承嗣指责苏珦是同谋的言语，而是给苏珦带了顶高帽子，说他是大雅之士，有别的任用，这个案子不用他审了。随后，武则天将苏珦派往河西去当了监军。苏珦本还想分辩几句，但见武则天脸色阴沉，

知道她已经对自己网开一面,因此不再多言,行过礼,便退下了。

支走了苏珦,武则天问武承嗣,可有合适的人选审理这个案件?武承嗣立刻推荐了酷吏周兴。

武则天沉吟片刻,她素知周兴等酷吏心狠手辣,擅长制造冤狱,但是非常时刻,只能动用非常手段,她同意了武承嗣的提议。还将自己的心意明白地告诉了武承嗣,要他利用李贞父子叛乱的大好机会,将李唐皇室彻底铲除。

武承嗣唯唯诺诺地应下,又向武则天提起苏珦之事。武则天皱皱眉头,教导武承嗣道:"作为掌权者,要善于用人。朝堂之中,君子与小人都不可或缺。但是,任用奸佞小人铲除异己只是非常手段,朝廷与社稷最终依靠的还是苏珦这类正人君子,他们才是真正的肱股之臣。"同时,武则天又提示武承嗣:"姑妈教给你这些本事,就是在栽培你做姑妈的接班人。只要你好好学习,将来姑妈的位子很有可能留给你。"

武承嗣带着武则天的口谕,兴冲冲地找到秋官侍郎周兴,如此这般将太后的意思告知于他。周兴、索元礼、来俊臣等人都是武则天时期出了名的酷吏,经常在一起讨论整治别人的招数。他们中间,以周兴的官阶最大,因此,凡事都由周兴说了算。武承嗣的到来,令周兴十分振奋,他明白大显身手的时候到来了。

当夜,周兴便打着刑部的名义带领大批爪牙闯进韩王府,遇到挡路的韩王的家将,周兴便命人直接将对方撂倒绑起。

韩王李元嘉是李氏皇族资历最老的贵族,他知道来者不善,便换好了亲王服饰,怀揣免死金牌跟周兴来到刑部。天真的韩王以为这些能够吓倒周兴,谁知周兴根本没有将免死金牌和制服放在眼

第十五章 剪除李唐羽翼

里。他命人扒下韩王的衣服，开始在韩王身上实行各种刑罚。韩王极力挣扎，怒斥周兴居然胆敢藐视先皇的免死金牌。周兴仰天狂笑，除了武则天，他可是什么人也不放在眼里。

韩王还要废话，周兴挥挥手，根本不想听，他直截了当地告诉韩王，只要韩王承认与越王李贞父子一起谋反，就马上免了韩王的皮肉之苦。韩王李元嘉知道周兴的阴谋，哪里肯从。周兴打了个哈欠，兀自休息去了，他临走时吩咐属下，用刑直到老王爷招供为止。

回去的路上，周兴心中洋洋自得，他想抓住这个千载难逢的大好机会，把平日里冷落过自己、得罪过自己的人都牵扯到这个案件中，将他们置于死地。至于李氏宗亲，就按韩王的例子，一个个抓来刑讯逼供，一定能完成太后交办的任务。要是能把太后哄高兴了，说不定自己也能捞个大官当当。

韩王李元嘉养尊处优惯了，架不住酷刑的折磨，很快便招了供画了押。周兴非常高兴，将属下大大夸奖了一番，然后兴高采烈地拿着李元嘉的供词去找武则天。

武则天见周兴办案如此神速，十分高兴。周兴趁热打铁，提交了一份名单。他在名单上列出了涉嫌与谋反案有牵连的李氏皇亲。

武则天仔细看过名单，认为她所希望打击的人员都榜上有名，因而对周兴的办事能力很是满意。周兴不忘武承嗣的提携之恩，谦虚地说这一切都是在武承嗣的指点下办到的。

武则天冲武承嗣点点头，又开始仔细研究名单。事实上，她心里早就拟好了一份名单，那就是在洛阳周边当刺史的那些李氏皇亲。武则天唯恐他们不反，所以才在参拜洛水之时，要求他们一起前往。她这是故意打草惊蛇，令他们以为自己将对他们开刀，逼

不得已只好谋反。武则天认为他们谋反也不会成功,她需要的只是一个发难的借口而已。想到此处,武则天命令上官婉儿给周兴捧来一把尚方宝剑,要他迅速抓获名单上的嫌疑犯,如果有谁胆敢抗命,先斩后奏。

周兴捧着尚方宝剑,趾高气扬地走出了皇宫。很快,韩王李元嘉、黄公李撰、鲁王李灵夔和常乐公主等300多位李氏皇亲都被抓到洛阳。他们受尽折磨,被迫签字画押。紧接着,这群李氏皇族被迅速斩首示众。

韩王李元嘉被杀之后,武则天便将韩王府邸赐给了周兴,以表彰他的办事效率。武则天要求周兴穷追不舍,继续将此案扩大化,力求将李氏王族全部诛灭。周兴心中暗喜,嘴上却表示为难,说太平公主的驸马薛绍等人都参与了谋反,不知如何是好。

武则天冷笑着说:"别说是驸马,即使是公主谋反,也严惩不贷。"周兴要的便是武则天的这句话。他深知太平公主深得武则天宠爱,害怕办案牵扯薛氏贵族,会得罪太平公主,于是套来武则天的金口玉言,来避免公主的报复。

武则天疼爱公主,在上门抓人之前,她命公主进宫,以免血腥场面刺激到女儿。太平公主被急召入宫,路上看到一队侍卫涌向自己的府邸,感知事情不妙,但是母命不可违,她只能先保住自己。当武则天质问她是否知道驸马薛绍谋反一事,太平公主将自己完全撇清,表示如果薛绍真的如此大逆不道,她绝对会大义灭亲。

武则天对太平公主的回答很是满意。武则天明白,公主深爱驸马,但是国家社稷高于一切,王子谋反尚且被武则天一一杀死,更何况是隔了一层关系的驸马。武则天在决心杀死薛绍的同时,已经盘算

第十五章 剪除李唐羽翼

着为女儿重新安排一位佳婿。

太平公主心中气苦,却也无可奈何,她对母亲的个性最为了解。她明白,如果她出言为丈夫求情,不但保不住丈夫,还会让母亲怀疑自己有不轨之心,牵连更大。太平公主只得忍痛周旋。

驸马薛绍是出了名的美男子,他与太平公主情深意笃、夫妻恩爱。尽管被抓进大牢,他也并不害怕,料想公主一定会为自己求情。公主是武则天的心头肉,武则天怎么忍心让女儿失去丈夫?但是这次,薛绍打错了算盘。周兴忌讳薛绍的身份,不敢对他严刑拷打。但是,这并不影响对薛绍的逼供。见薛绍拒不合作,周兴下令断水断食,来逼薛绍就范。薛绍的哥哥和弟弟也落到了周兴手中。周兴对他们可不甚客气,各种严刑拷打下,这对难兄难弟很快招供,并将薛绍也牵连在内。

周兴非常高兴,带着薛氏兄弟的供词去见武则天,武则天勃然大怒,立刻下令将薛氏全家斩首示众。不过,她还是顾念与太平公主的母女情分,将薛绍饿死在狱中,给他留了个全尸。除了薛氏家族,霍王李元轨、江都王李绪等不是被流放就是被杀死。同时,周兴将对李氏皇族的肃清事务交给另一个酷吏来俊臣主持,来俊臣下手一样毫不留情,很快200多位李唐皇族的子孙均被罗列各种罪名含冤而死。武则天对来俊臣的办事效率大为赞赏,将他连升三级,封为正五品御史中丞。

有了武则天做坚强后盾,酷吏周兴、来俊臣等人炮制冤狱、屠杀李氏皇族更加肆无忌惮。

李敬业谋反案中,他的弟弟李敬真受到牵连被流放,后逃脱。李敬真找到爷爷李勣的旧部洛州司马弓嗣业、洛阳令张嗣明,乞求

他们给自己一点资助。弓嗣业和张嗣明顾念旧情,给了李敬真一些盘缠。但是,李敬真流亡期间难改公子哥儿习气,钱到手之后便挥霍招摇,不幸被官军发现后抓回神都洛阳。

武则天将此案交给周兴审理,周兴借此机会继续罗织罪名大肆捕杀李氏皇族。洛州司马弓嗣业闻此消息立刻自杀身亡,洛阳令张嗣明被周兴抓住。周兴施展酷刑,威吓李敬真和张嗣明供出几个李氏皇族成员为谋反同谋。张嗣明本不愿诬赖好人,但是见无论是否招供都是个死,便决定诬陷那些奸臣贪官。首当其冲的便是在豫州时没籍千家、臭名昭著的张光辅,罪名是张光辅一向认为自己文武全才,经常招徕一些巫婆神汉图谋不轨。

武则天一看这些黑材料,马上朱笔一挥,批了"斩"字。之后周兴又炮制出不少案件,甚至牵连到武则天当时亲点的官员魏元忠等人。幸好,老臣魏玄同为魏元忠求情,武则天免了魏元忠一死。谁知恼羞成怒的周兴诬赖魏玄同要武则天让位,武则天大怒,立刻赐死了魏玄同。

接着,周兴的靠山武承嗣又指使宗楚客诬蔑梁郡公李孝逸有不轨之心。武则天借机将一把年纪的李孝逸流放至儋州,好在还有禁军将领黑齿常之为李孝逸求情,老命得保。黑齿常之是唐朝著名军事将领,他出生在唐朝的属国——百济国。黑齿常之早年事迹不详,他长大以后,身高七尺有余,因善于用兵,史称其"骁勇有谋略"。后来黑齿常之在百济国任达率(百济官名)兼郡将,相当于唐朝刺史一职。降唐后数十年,黑齿常之屡建战功,纵横青藏所向披靡,数破突厥威震天下,晋爵燕国公,成为大唐的封疆大吏。

武则天恼恨黑齿常之忤逆自己之意,将他拘捕下狱。黑齿常之自知难免一死，便在牢中自缢身亡。

再说萧淑妃的儿子李素节，一直被武则天视作眼中钉。多年来，李素节的官位一贬再贬，此时也难逃周兴等人的毒手。李治另一个儿子李上金也被迫自杀。李上金的几个儿子李义珍、李义玟等被流放到显州，不久都死去了。

周兴等人受到武则天的一再嘉奖。他们洋洋得意，大摆筵席奉武承嗣为上宾，纷纷催问武则天何时登基。武承嗣神秘兮兮地透漏，一年之内，武则天必会改朝换代。到时候，周兴等人都是有功之臣，位列宰相队伍指日可待。周兴等人大为高兴，又提议乘胜追击将汝南王李颖和武则天的两个儿子李显、李旦一网打尽。

武承嗣比较有政治头脑，一看周兴杀红了眼，急忙制止道："千万别轻举妄动以免坏了太后的大事。即使要杀他们，也得出师有名，目前还是先把已故废太子李贤的儿子和汝南王李颖借故杀掉才是当务之急。"

炮制冤假错案是周兴的拿手好戏，他手下豢养了大批以告黑状为生的人。他们集中炮轰汝南王，汝南王根本无从招架。武则天对周兴所做的一切心知肚明，故放手让他去办理此案。周兴顺势将李贤的儿子一起牵连在内。

其实，李贤的两个儿子自父亲死后，成天心惊胆战，害怕厄运落到自己头上，每天藏在自己的府第中根本不敢出门。周兴带人气势汹汹地闯进来，喝令一声，手下不由分说便将他们乱棍打死。至此，李氏皇族一脉已被清洗得差不多了，再也无法与武则天为敌，女皇称帝的道路已成坦途，指日可待了。

第十六章　女皇隆重登基

　　李氏皇族经过几番血洗，所剩廖廖。这可吓坏了年已 70 多岁的千金公主。要知道，她可是唐高祖李渊的女儿，正宗李氏皇亲。虽然武则天的枕边人薛怀义正是她进献的，而武则天一直对她十分友好，但这并不等于千金公主可以逃过针对李氏皇亲的"大清洗"。经过反复权衡，千金公主决定亲自进宫拜见武则天，表达她的诚意。

　　千金公主这个人，非常善于揣测别人的心理。她深知武则天在事业上最大的心愿是令李氏家族臣服，以便继承大统。这个她自知帮不上武则天，只能选择卑躬屈膝，不令武则天迁怒于自己。在生活上，武则天对千金公主进贡的男宠薛怀义还是比较满意的。眼下，最令武则天放心不下的就是宝贝女儿太平公主的婚事。自从驸马薛绍被杀，太平公主一直形单影只。公主这个尊贵的身份，限制了她的婚配范围，令她高不成低不就。武则天对女儿多少有点内疚，一直希望为太平公主找个好夫婿作为弥补。

　　摸准了武则天的心态，千金公主心中有了打算，她先提出认武则天为干娘，进一步拉近她与武则天的关系。无论是辈分还是年龄，千金公主都比武则天大上很多，更何况她是李唐皇族的公主，却放低姿态要求做武则天的干女儿，令武则天又好气又好笑，但还是十分受用。千金公主此举满足了武则天对李氏皇族的征服欲，因此，她点头同意了千金公主的要求，不仅赐给千金公主武姓，还封她为

延安大长公主,并赏赐给她丰富的礼物。

千金公主赶紧磕头称"谢万岁"。武则天见她称自己"万岁",等于认同了自己女皇的身份,心中颇为得意,暗想若是李氏家族的子孙们都能像千金公主这么识趣,她也不必如此大开杀戒。经过"认干娘"一事,武则天对千金公主的喜爱更增添一成。

千金公主见武则天眉开眼笑,知道自己的身家性命肯定是保住了。如今,她要进一步固宠,便开始帮着武则天分担烦恼的家务事,譬如太平公主的婚事。

太平公主才貌双全,自幼备受武则天宠爱,性格泼辣率性,等闲的男人根本不入她的法眼。而武则天也不希望太平公主另嫁外人,她希望公主嫁给武家子弟。然而,武氏的男丁们多数年纪不小,又早已娶亲,实在选不出能与公主匹配的郎君。千金公主一听,赶紧向武则天献计,说皇帝的女儿不愁嫁,有妻儿的只需把妻儿解决即可。武则天一听有道理,立刻拍板要千金公主办理这件事。其实,武则天心中早有人选,那就是武攸暨。

千金公主回府后,即刻出面将武攸暨的妻小骗到自己的府邸内,武则天派出的杀手早已埋伏好,将武攸暨的妻儿杀死拖出去埋了。傍晚,武攸暨左等右等不见家人回来,上门寻找。千金公主呵呵笑着将武则天要将太平公主下嫁于他的消息告之,武攸暨才明白,自己的妻小肯定凶多吉少。武攸暨惧怕太后淫威,还是屈服了。很快如武则天所愿迎娶了太平公主。

武则天希望在登基前夕,为男宠薛怀义安排一个好职位,可是一直苦于没有借口,只得安排他监工明堂之类的建筑,借此给他一定的封赏。时间一长,薛怀义眼见武承嗣等人纷纷加官晋爵,坐享荣华富贵，心里开始有些不平衡了。当然，薛怀义不敢公开表示不满，只能借机对武氏子侄冷嘲热讽，动辄唉声叹气，发泄情绪。

　　武承嗣何等聪明，对薛怀义的心思洞若观火。这薛怀义虽然算不上什么大人物，但毕竟是他主子的枕边人啊，如果不摆平薛怀义，对自己也没什么好处。武承嗣左思右想，终于为薛怀义找到了一条在他看来非常光明的出路。他建议薛怀义趁着如今突厥冒犯边境的时机，向武则天申请带兵打仗，捞个大将军当当。

　　薛怀义一听，急忙拒绝。他街头小贩出身，外表光鲜，肚里一包草，别人不清楚，自己还能没有自知之明？当大将军固然好，可真要上前线打仗，没有两把刷子肯定不行。薛怀义自问没这个本事，也不愿前去送死。

　　武承嗣知道薛怀义肚里的算盘，于是呵呵一笑，为他分析起局势来。突厥的兵力并不强大，作乱的只有一小股，人数最多上万。如果薛怀义出征，武则天一定会派几万大军相随，如果不放心，可以再问太后多要点人马。突厥人欺软怕硬，听到几万正规军前来讨伐还不闻风而逃？就算真的打起来，大唐的正规军必有胜算。这种稳赚不赔的买卖，您老人家怎么就想不明白呢？

　　薛怀义听了武承嗣的话，暗自盘算了一番，确实很有道理啊，那就赌一把吧。薛怀义抓紧来到武则天的寝宫，提出了这个想法。武则天认为薛怀义根本没有能力带兵打仗。薛怀义便依葫芦画瓢，把武承嗣的话学了一遍，当然，他不可能告诉武则天自己真实的计划。薛怀义根本不想把突厥打败，只要把他们暂时吓退即可。他主要的目的就是当上这个大将军，大捞一票。武则天禁不住薛怀义的软磨硬泡，又觉得他的分析有理，便一下派给他20万大军，封他为

新平道行军大总管。

薛怀义见武则天对他言听计从，心里乐开了花。他知道文武百官都指望他战死沙场，他哪有那么傻呢。出征之后，薛怀义派出大量的探子打探敌情，哪里没有突厥兵，就往那里行军。一路上，敲锣打鼓，极尽夸张之能事。边境苦寒，物资匮乏，薛怀义可不耐烦多作停留。他带领二十万大军在边境晃荡了一圈，便报告朝廷，说突厥兵已被打败，接着便顺理成章地班师回朝了。

武则天闻得捷报，非常高兴，趁势封薛怀义为辅国大将军，并为他召开庆功宴洗尘。

肃清李唐皇族的战役进行得飞快，当前团结在武则天身边的几乎都是武氏子弟和她破格提拔的中下层官吏。应该说，武则天登基的时机已基本成熟，而她也在各种庆典和仪式中以皇帝自居。但是毕竟是改朝换代，又是女子称帝，破天荒头一回，究竟以怎样的形式让臣民们接受，真是颇费思量。

在这个关键时刻，武则天的男宠薛怀义起到了重大作用。武则天对薛怀义而言，不仅是枕边人，更是恩人——明堂建成之后武则天又令薛怀义监制巨佛，北伐突厥凯旋以后，武则天又给了他尊贵的封号。薛怀义见武则天为此事寝食难安，便认为自己作为男人有责任要为自己的女人分忧解难，帮助她达成所愿。但凭他肚里的那点墨水，哪里能够想出什么好办法。于是，薛怀义利用自己在白马寺的职务之便，翻遍所有经书，希望从中得到灵感。经过多日的苦思冥想，薛怀义脑海中灵光一现，他认为，太后是"弥勒转世"这个说法，一定能够为武则天的登基奠定广泛的舆论基础。

当时，洛阳有位高僧法明大师，正在重新翻译《大云经》。薛怀义立刻找到法明大师，请他将太后是弥勒转世这一说法加进译著之中。这部经书译好之后，取名叫作《大云经疏》。薛怀义带着法明大师等人第一时间拜见武则天，将此书进献给她。

法明大师摇头晃脑将太后武氏乃弥勒转世的说法详细解释了一番，得到了武则天的高度肯定。她立刻下令，在全国各地建造大云寺，每个大云寺都藏一本《大云经疏》，由高僧负责讲解。很快，全国各地的大小寺院中都在宣讲这部通俗易通的佛经普及本。"太后武氏是转世弥勒，如今要替代李唐皇族称帝君临天下"的说法由此流传开来，立即变得街知巷闻。

在舆论的不断推动下，"太后武氏是弥勒转世"的说法，愈来愈为广大的百姓所接受，经过导演和彩排的民间请愿活动也接连不断地发生。

首先是一个叫作傅游艺的七品芝麻官率领一帮百姓请愿，他们要求皇太后顺应民意，自己登基当皇帝，改国号为周，让皇帝李旦改姓武。

这个傅游艺从家乡千里迢迢来到京城做官，谁知职位低微，待遇微薄，谁都不把他当回事。傅游艺心中气苦，成天寻思着升官之道，想要学人家告密吧，李唐皇室子弟已经被料理得七七八八，他绞尽脑汁也想不出什么门道。还好天无绝人之路，《大云经疏》开始在全国各地推广，武则天想要登基的想法已经路人皆知。

这个傅游艺向自己的兄长抱怨，太后当皇帝就当皇帝，搞那么多花样干吗。傅游艺的兄长官职比他大，看问题也比他深远。兄长一本正经地告诉傅游艺，太后不想背上谋权篡位的千古骂名，所以借着各种机会来暗示臣民，希望他们主动出头请愿，求她登基，这

才顺理成章。武氏子弟毕竟人数较少，也不方便出头，而其他大臣不愿出头露面成为千古罪人，所以，暂时还没人请愿。只可惜傅氏兄弟俩人微言轻，不够资格联合百官请愿，否则也能混个大官当当。傅游艺一听心中有了主意，这官大有官大的办法，官小有官小的便利，既然高攀不上，那就低就，联合百姓请愿，效果还不是一样。

但是问题又来了，请愿需要众多百姓参加才有声势，弟兄俩不是地方父母官，去哪里找那么多人？傅游艺认为，既然要干，就要大张旗鼓，干票大的，赌上一赌，于是回家去请家乡的父老乡亲前来助阵。兄长一听有理，赶紧倾囊相助，兄弟俩约好将来有好处一起享受。傅游艺回到家乡，立刻宴请族人，把自己的想法说了。可是族长等老一辈人，认为傅游艺这种行为大逆不道，更无法接受女皇当政，纷纷拂袖而去。倒是一些年轻人和一些基层小头目赞同傅游艺的做法。傅游艺有了他们的支持，腰板硬了不少，他动用兄长给的资金，管吃管住，将这群人一个不落地带回京城。长途跋涉、风尘仆仆，来不及休息便开始着手准备请愿活动事宜。

这天，傅游艺带着大群黎民百姓走上街头请愿，要求太后称帝。武承嗣见此状况乐得合不拢嘴，立刻向武则天汇报。武则天虽然是万般情愿，但表面上却不得不做出推却的姿态。因为，傅游艺等人人微言轻，不足以代表大多数人的意见。不过，傅游艺为请愿活动打开了一个先例。武则天马上破格提拔傅游艺当了正五品的门下省给事中，所有参加请愿的人都得到丰厚的赏赐，这为天下人树立了一个"顺我者昌"的榜样。

于是，又一轮更为盛大的请愿活动再次发起，武则天还是推却。直到最后一次，文武百官、各国大使、宗教娱乐和民间知名人士共同组织了一次声势浩大的请愿活动。就连皇帝李旦也参与进来，发表了一篇言辞恳切、情真意切的诏书，请求母亲顺应民意，早日登上天子的宝座。李旦在当皇帝的期间，对母亲一直逆来顺受，他几次想将皇位禅让给母亲武则天。李旦的真实想法不得而知，这次，是其作为皇帝第一次亲笔撰写诏书，内容却是请母亲登基，可谓莫大的讽刺。不过，李旦终于可以松一口气，因为若是母亲真的称帝，他便不必再当一个名不副实、随时面临杀身之祸的傀儡皇帝。

天授元年（公元690年）九月九日，67岁的武则天终于登上了梦寐以求的皇帝宝座。文武百官、皇亲国戚、各国使臣还有各种社会团体的代表，一起参加了女皇登基的仪式。

武则天头戴通天冠，身着女皇的衮服走上城楼，城楼下排山倒海的欢呼声汹涌而来，万民臣服，共同跪拜。这个场面，比当年武则天被册封为皇后的仪式不知隆重多少倍。

武则天激动地向臣民们宣布，大周国成立了，她——武则天，终于成为历史上第一位真正的女皇。此时，武则天并不知道，她也将是中国历史上唯一一位女皇。武则天在这一刻的荣光将永载史册，千秋万代，受子孙后人膜拜瞻仰。

国号"周"来自于古代的周王朝。周公姬旦的小儿子，掌心有纹路形成一个武字，因此名叫姬武，他的后人便改为姓武。这当然是武则天为了抬高门第进行的杜撰。她毕生都致力于反对门第观念，但是她毕竟是受这样的教育长大，门第观念已经根深蒂固地生长在她的心灵深处。不论她如何努力摆脱，在遭遇大事，例如从前为李弘择妃、如今选择国号等问题上，无一不落入重视门第的窠臼。选用周为国号。汉武帝以来使用了2000多年的历法便从夏历改成了

周历。夏历以阴历的正月为一年的开始,而周历是以阴历的 11 月为一年之首,每年的开头不同,春夏秋冬四季也改变了日期。百姓们用惯了多年的老皇历,一下子改用新历,诸多不便,常常分不清四季,不知各种作物究竟该何时种植,但是武则天不管这些。她改完历法之后,又开始推行新字,例如她名字中的"曌"字(读音同"照"),就是她这个阶段的杰作。她认为"曌"字有日月当空之意,霸气十足读音又响亮,非常适合用来作为自己的名字。新字从朝廷开始推行,快马传书,诏令天下。

武则天已经登基,立刻下令按天子之礼修建武氏七庙。封父亲武士彟为太祖孝明高皇帝,武氏后裔武承嗣等皆封王,直系女眷封为公主。将李氏的太庙改成享德庙。

武则天的这一系列举动,意图非常明显:她要抹去所有李唐皇族的痕迹,在朝野上下创造一番新的气象。因此她不惜大动干戈、劳民伤财,无非就是加强人民对女皇当政的印象,巩固她的统治。

武则天登基成为皇帝之后,将皇帝李旦改姓武,降为皇嗣。此举令武承嗣异常开心。其实,早在女皇登基之后的祭天仪式中,武氏子侄就将原本应该跟随武则天祭天的李旦排除在外。

武承嗣想当太子的心思,武氏子弟都看得出来。对武家来说,帮助武承嗣得偿所愿之后,武氏一族可以得到的好处确实很多。大家积极为武承嗣出谋划策,有人提议模仿要求武则天登基的请愿活动,搞一个"百姓联名上访,要求立武承嗣为太子"的请愿活动。同时,又由一个叫张嘉福的大臣出面,联合百官签名上书给女皇,双管齐下。

百姓请愿活动不难组织,难的是让百官联名上书。张嘉福上蹿下跳,也没能团结到几个官员,反而被宰相欧阳通、岑长倩和格辅元指责了一通。

武承嗣还听说,几个宰相到武则天面前极力反对立他为太子,还要求女皇严惩那些请愿的百姓。武承嗣恶向胆边生,立志要铲除这几个眼中钉。于是他立刻前去面见女皇。见面后,武则天就百姓请愿立武承嗣为太子一事征询他自己的意见。武承嗣老奸巨猾,并不急于表态,反而抢先向女皇告密,说岑长倩等老臣正在密谋保住皇嗣李旦,以期卷土重来,再次拥立李旦为皇帝。

武承嗣点中了武则天最大的心病。她心中最忌惮的便是大臣们不服她这个女皇,总是想方设法恢复李唐皇朝,这种行为在她眼中等同于谋逆。因此,女皇武则天一听武承嗣此言,立刻责成酷吏来俊臣审理岑长倩、格辅元案件。

岑长倩担任宰相10多年,眼见政治形势纷繁复杂,内心深处时常忧惧不安。他的预感很是准确。当夜,他和格辅元便被来俊臣和侯思止抓进了监狱。一进牢房,两位大臣就被狠狠一顿鞭打。岑长倩心知落到酷吏手中绝无生还的希望,于是劝说格辅元认罪。两人很快招供画押,谁知来俊臣还不满意,要求他们招认欧阳通是同党。两位大臣本是忠肝义胆之士,怎么愿意诬陷别人,于是受尽了酷刑,就连家人也一并被抓进牢房。

无论他俩是否招供,其实都已经毫无意义。第二天一早,来俊臣带着厚厚的一沓供词拜见女皇,说欧阳通与岑长倩、格辅元反武保李的罪证确凿,不容狡辩。千钧一发之际,宰相乐思晦挺身而出为欧阳通开脱。可是"谋反"是女皇的大忌,她抱着"宁可信其有不可信其无"的态度,立即下令将乐思晦和欧阳通一起抓起来。右

卫将军李安静也因支持两位宰相而一并被抓。不久,这几位朝廷重臣都被来俊臣斩杀。

几位宰相被杀,最开心的便是武氏族人。武承嗣花钱雇了一班无业游民,天天敲锣打鼓,在宫外请愿。武则天被闹得心烦意乱,只好召见了其中的领头人王方庆。武承嗣大受鼓舞,要求领头人王方庆趁热打铁每天都进宫请愿。可惜频繁的请愿效果适得其反,王方庆终于惹恼了武则天,女皇派人将他拉出去痛打一顿。

凤仪侍郎李昭德本就看王方庆这个奸佞小人不顺眼,趁机将他打死。其他请愿者一看领头人被杀,吓得连赏钱都顾不上领便一哄而散。

女皇听说王方庆被杀,倒是有点遗憾。她一直对立儿子还是立侄子为皇嗣的问题犹豫不决,便询问凤仪侍郎李昭德的意见。

李昭德说了一大通话作为铺垫,但是最重要的是最后几句:自古以来,只有儿子为母亲祭祀立庙的,从没听说过侄子为姑母祭祀立庙。就算侄子肯祭祀姑母,也不可能祭祀高宗李治,那么李治就成了孤魂野鬼。

李昭德的话解决了武则天多日来心中的困扰,她暂且放下了立武承嗣为皇嗣的念头,还封凤仪侍郎李昭德为相。

李昭德接任了宰相一职,又推荐了大名鼎鼎的狄仁杰为相。对狄仁杰,武则天早有启用之心,便欣然同意了李昭德的推荐。

第十七章　酷吏制度的终结

一日，恰逢朝中一员大臣惧怕酷吏，要求返乡。狄仁杰借机向武则天暗示了群臣们对酷吏的不满。

武则天一向借助酷吏来铲除异己，因此并不觉得酷吏所作所为有何过分之处。狄仁杰也不硬顶，请求武则天同意由刑部对酷吏做一定程度的制约，女皇点头同意。

不久之后，李昭德又向女皇报告，说武承嗣骄横跋扈、目中无人，百官怨声载道，要求武则天好好教训他一顿。

武则天不愿惩戒武承嗣，反而为他开脱，说他位高权重，有点官威也是正常。李德昭则认为，武承嗣已经是魏王，权力太大，说不定会危及武则天的统治。

武则天摇摇头，认为武承嗣是自己的侄子，是自己的心腹，不会有异心。李昭德并未正面反驳女皇，而是劝道："就是因为武承嗣是你的侄子又是亲王，才不宜给他太多权力。自古帝王之家，父子之间也要为权力斗得你死我活，更何况是姑侄关系。如果一味放纵他，恐怕真的会危及皇权。"

武则天恍然大悟，如果不是李昭德提醒，她还从未想到这一层。于是，武则天立刻下旨，解除了武承嗣、武攸宁和她的本家外甥杨执柔的宰相职务。

酷吏队伍应女皇的要求而生，人数不多，却具有它独特的历史

使命。酷吏中比较有名的是周兴、来俊臣和侯思止。

周兴是长安人，司法小吏出身，经常挨上司的打。虽然周兴身份低微，但是有一个长处，就是熟悉司法制度，却始终等不到提拔的机会。武则天时代是小人物的天堂。武则天为了巩固自己的权势，需要将大批位高权重、身份高贵的世家大族、王公亲贵拉下马。社会底层的小人物可以借助很多机会上位，譬如告密、请愿、献宝甚至充当男宠之类的，或许不经意间就完成了一个盲流到暴发户的变身。周兴就是这样完成变身的，更因为经手一系列的大案为武则天前进之路扫平障碍而成为酷吏之首。

来俊臣是一个赌徒的儿子。他母亲的前夫为了抵债，将其送给了赌徒。他的母亲改嫁之后，还未足月就生下了来俊臣。从小到大，来俊臣打架斗殴、杀人放火、吃喝嫖赌，什么坏事都少不了他的份儿。来俊臣唯一的优势，就是长相英俊，当时，这副好皮囊并未给他带来什么实际的好处。后来他犯事被抓进监狱，为了保命，他要求告密。当时的刺史是唐朝宗室，将来俊臣痛打一顿后扔回牢里。过了一阵子，这个刺史受到李唐皇室牵连送了性命，来俊臣再次提出想要告密，这才获准。来俊臣见到武则天之后，大谈自己如何受李唐宗室蓄意欺压，差点送了性命，幸好武则天将刺史杀掉，才为自己平反。来俊臣表示，自己对女皇的大恩大德感激涕零，愿从此为武则天效犬马之劳。

武则天向来喜欢帅哥，见来俊臣如此英俊，先有了三分好感，又见他大表忠心，看起来也很有头脑，便给了他一个官做。

来俊臣头脑不仅聪明，还很会来事儿。他吃了多年牢饭，对犯人的心理了若指掌。再加上他出身底层，最会看人眼色、揣摩人意，对女皇的心理也摸得很透。

在武则天时期,她对反对派进行清理分两个阶段。一是她当太后期间,整顿反对她当皇帝的大臣和李氏王族;二是她登上皇位之后,肃清对复辟李唐心存幻想的官员和屈指可数的皇亲。另外,不少倚老卖老不听使唤的朝廷重臣也遭到沉重打击。武则天任用的24位宰相中,只有4人平安当到了她称帝之后,除去3人自然死亡,被杀或者流放的宰相多达17人。武则天时期特大案件数量有40多起,对此来俊臣要负上很大的责任。酷吏中唯有他将逼供、诬告形成一套理论成书,取名《罗织经》。顾名思义,此书将罗织罪名、将案件扩大化、将冤案办成铁案的秘诀归纳起来,系统理论化。譬如,来俊臣认为,案子越大、牵连的人越多,办案人的赏赐和功劳也越大,至于冤枉好人,在所难免;只要对武则天不利的统统都是坏人,武则天的需要就是办案的准则。

再来看侯思止,他是个卖炊饼出身的小贩,因为懒惰吃不了苦就去给一名将军当仆人。听说武则天鼓励天下人告密,侯思止立刻前去状告本州刺史,告他和李唐宗室勾结起来图谋不轨。武则天听他这么一说圣心大悦,封侯思止做了个五品官。但是侯思止不满意,他要求做监察百官的侍御史。武则天很是惊奇,文盲侯思止何来这么大口气。侯思止自有他一套歪理,他自诩为一种神兽,虽然不识字,但是懂得用角去顶撞坏人。武则天认为他的话很有道理,如果他也饱读诗书,有自己的一套见解,哪里还会那么容易为她所用,因此,她批准了侯思止的请求。

这一群酷吏聚集在一起,称之为群魔乱舞再恰当不过。当然逐利小人难免有窝里反的时候。譬如周兴被告谋反,办理的人正是来

俊臣。来俊臣选在吃饭时假装向周兴请教,若是犯人不肯招供该如何处置。周兴说,只需架起一口大瓮,在瓮下生火,让犯人站在瓮中,不一会儿一定招供。来俊臣马上让人依法炮制,请周兴站到瓮中,周兴这才反应过来,急忙求饶。武则天念在周兴有功,不忍杀他,只是将他流放,但是在流放的路上,周兴便被仇人大卸八块了。

酷吏们在武则天的庇护下无法无天,就连当朝宰相狄仁杰和武则天一手提拔的魏元忠等人也着了他们的道,差点死在刑场。

狄仁杰拜相之后,深得武则天信任。他推荐了不少贤达之士在朝中任职,并建言女皇制约酷吏的权限。酷吏们眼见狄仁杰一派日益壮大,深感不安,于是经过商量,向女皇告密,称狄公在内的宰相班子都有谋反的嫌疑。

武则天听说新任的宰相胆敢谋反,勃然变色,命令来俊臣马上立案侦查,如果谋反情况属实,那一定严惩不贷。

来俊臣喜滋滋地领命出去,他心想:这次还怕整不死你们这群自以为是、坏我好事的老家伙。

狄仁杰等六七人刚被押进刑讯房,便见热气腾腾的油锅和各种千奇百怪沾染着鲜血的恐怖刑具已经准备好。狄仁杰暗想:好汉不吃眼前亏,跟这些人没法讲理,先承认下来保住一条命再作打算。于是,他带头承认自己谋反。其他大臣见狄公都承认了,赶紧跟着承认谋反属实。

来俊臣见不费吹灰之力便摆平这些宰相,大为高兴,赶紧派人去催负责审问魏元忠的侯思止,要他快点结案。侯思止听说来俊臣那边都已经办妥,自己却还没搞定魏元忠,大为心焦。侯思止急于破案,命人将魏元忠的双脚用绳子绑住,在地上拖行。

第十七章 酷吏制度的终结

魏元忠曾经被周兴陷害，当时已经绑赴刑场就死，却仍面不改色。他最终被武则天赦免，被视为硬汉的代表，如此之人又怎么会将侯思止这样的小人放在眼里。魏元忠对侯思止说，自己只当不小心被驴摔下来，脚被镫子挂住了。侯思止见魏元忠如此嘴硬，气得大骂起来。可是侯思止这家伙文盲一个，就连骂人也是白字连连。魏元忠更加瞧他不起，对他说："你要杀就杀，可是你说的那些话被人听到了，以后有你的苦头吃。"

侯思止被吓住了，以为自己读错的字是什么大逆不道的反动言语，只好不再折磨魏元忠，将他收监后伪造了一份供词。

狄仁杰入狱之后，无时无刻不在想着自救的方法。他设法说动看守，将一件偷藏着密信的棉袄送回家，交到儿子手中，说是天气变热了，要求儿子将棉袄改成单衣给狄仁杰送来。看守不知是计，将棉袄送回狄仁杰家。狄仁杰的儿子狄光远是个聪明人，立刻明白父亲话中有话。狄光远将棉袄里里外外搜了个遍，终于在夹层找到了书信。事不宜迟，狄光远立刻求见武则天，将父亲诉冤的书信交给女皇。

武则天见事关重大，便命大臣通事舍人周琳前去狱中看个究竟。周琳本就惧怕酷吏，哪里敢跟来俊臣等人为敌。他到了狱中稍微一看，便赶紧回去禀报武则天说是狱中一切正常。武则天又收到了来俊臣伪造的狄仁杰等人的谢死表，以为情况属实，便维持原判，赐死。

朝廷将诛杀狄仁杰等人的告示贴上了街头，被前任宰相乐思晦的儿子看到了。前任宰相刚枉死不久，他的儿子憎恨来俊臣等酷吏迫害忠臣，便前去皇宫拜见武则天，向她揭露来俊臣等人的罪行。

　　武则天见来人年纪尚小，不像作假，联想起狄仁杰的儿子曾经求见要求平反，认为此事有点蹊跷，于是亲自召见狄仁杰等人，当面听听他们的说法。

　　见到女皇之后，狄仁杰才得以将狱中的一切据实相告，并说明谢死表是来俊臣等人伪造。至于自己的供词，只是权宜之计，若是拒不认罪，恐怕早就在酷刑之下一命呜呼了。

　　虽然真相大白，但是武则天没有严惩来俊臣，只是象征性地罚了他几个月的俸禄。狄仁杰等人也并未官复原职，都遭到了一定程度的贬谪。常言道留得青山在不愁没柴烧，纵观这一局，还算是个平局。

　　武承嗣没能得到皇嗣的位子，心有不甘，时时等待机会要整死李旦。机缘巧合，武则天宫中掌管门户的户婢韦团儿为武承嗣提供了难得的机会。

　　韦团儿爱上了李旦，反复多次地试图勾引他，想成为他的妃子。可是，李旦害怕韦团儿是母亲派来试探他的，坚决不为所动，除了自己的妃子刘氏和窦氏，其他女人他一概不碰。

　　韦团儿遭到拒绝羞愤交加，她想起武则天为了太平公主的婚事，杀死武攸暨妻子一事，决心效仿武则天，把李旦的两个妃子除掉。韦团儿想了又想，脑子里终于冒出一条她认为万无一失的毒计。韦团儿找到两块木头刻成人形，分别在上面写了"武"字和"周"字，偷偷埋在刘氏和窦氏的宫苑内。然后跑去密告武则天，说李旦的两个妃子心怀不满，诅咒女皇。武则天为证虚实，便派人和韦团儿一起去二妃的院子里搜索，果然挖出了韦团儿预先埋好的两个木偶。

　　武则天一直怀疑李旦对自己即位表面顺从，实则心中不满，只是苦于没有证据。如今，李旦的妃子做出这种大逆不道的事，武则天当然不会放过她们。事实上，即使二妃什么都没做，武则天也会借这二妃来警示李旦。

新年到来，刘氏和窦氏入宫向武则天请安，之后就神秘失踪了。可是，李旦根本不敢责问武则天，他害怕殃及自己和孩子们。

二妃失踪之后，韦团儿认为有机可乘，便主动投怀送抱，希望李旦能够接纳她，可是李旦还是严词拒绝。韦团儿恼羞成怒，一不做二不休，马上来到武则天面前告发李旦，说厌胜之事肯定是李旦主使，意图诅咒女皇。武则天遣人叫来李旦询问，李旦将韦团儿屡次引诱自己未果的经过一说，武则天又着人查询，证明确有此事。女皇这才放过了李旦，下令杀死了挑拨离间的韦团儿。

可是，这并不等于武则天放过了李旦。李旦的存在，始终是群臣反对她当政的一个借口。过年期间，有两个官员范云仙和张虔勖带了点土特产看望李旦，与他把酒言欢，议论朝政。这件事，被酷吏的眼线发现了。

酷吏来俊臣立刻带人将这两个大臣逮捕。武承嗣曾指使来俊臣逼这两人承认李旦意图勾结大臣推翻武则天。可是范张二人非常有骨气，无论施以怎样的大刑，他俩就是不肯诬告李旦。

武承嗣还是来到武则天面前，将此事添油加醋说了一番。他说两位大臣不但未经许可偷偷接触李旦，更坚决拥护李唐皇朝，企图推翻武则天的王朝。

武则天最最痛恨这类不愿臣服于她的李唐忠臣，她马上下令将范张二人腰斩，以警醒朝中大臣不许与李旦私相授受。

眼看这件事无法扳倒李旦，来俊臣又使出了老手段，组织人写

诬告信。可怜李旦已经成了真正的孤家寡人,终日独自蜗居在寝宫之内,唯有一些乐师和太监宫女陪伴他解闷。来俊臣长驱直入,将李旦所有的宫人都抓起来,严刑拷打。宫女太监们受不住酷刑,纷纷抢着承认李旦确实一直意图复辟李唐王朝。唯有一个硬骨头的花匠安金藏,坚持说李旦安分守己,对武则天从未产生过异心。安金藏不但嘴硬,还愿意以死来证明,说着拿出一把匕首,把自己的肚子剖开,内脏纷纷滚出腹腔,吓得同来的太监一溜烟跑去向武则天汇报。

武则天见惯了奸佞酷吏、明哲保身之徒。听说李旦手下居然还有如此忠心耿耿的花匠,不禁大为赞赏。她立刻着令御医抢救此人。朝廷上下都对这个花匠的举动赞叹不已,自问谁也做不出他这样的壮举。几位御医佩服安金藏的忠诚,使出浑身解数救活了安金藏,并将他照顾得无微不至。很多天之后,安金藏悠悠醒转,面对接见他的女皇武则天,他再次强调李旦绝无反叛之心。武则天终于被安金藏的真情所打动,不再为难李旦。

李旦遭到很大冲击却安然无恙,这让武承嗣心里很是不爽。武承嗣明白,李旦一日不除,他便无法得到皇嗣之位。以现在的情况来看,暂时没法整死李旦。

来俊臣见武承嗣闷闷不乐,便提议想法儿将李氏流放在外的皇亲一一屠杀,令李旦再也得不到族人的援手。如此一来,李旦毫无办法再与武家人争一日之长短。武承嗣认为这个办法甚好,于是授意爪牙向武则天禀报,申请离开京城,到李氏皇亲的流放地查看。武则天同意了。

来俊臣的手下带着圣旨来到李氏皇族的流放地岭南等地,他们寻找各种借口大肆屠杀李氏后裔。酷吏们的这种做法传到朝中，遭到朝中正义之士的一致反对。李昭德冒死带人弹劾来俊臣等人终获成功，来俊臣等几个酷吏被流放。

这下可惹恼了武承嗣。李昭德三番四次坏他武承嗣的好事，武承嗣决心将李昭德彻底扳倒。武承嗣的手下领命，马上效仿来俊臣，联系很多人上奏表弹劾李昭德，说李昭德为人专制，独揽大权。

对于弹劾李昭德这件事，其他大臣的态度耐人寻味：一来他们不想惹祸，二来他们认为李昭德的存在影响了其他人的晋升。所以，这些大臣大多袖手旁观、缄口不语，有的甚至火上浇油，积极附和。

众口铄金，积毁销骨。女皇见弹劾之词如此之多，对李昭德起了疑心，便下令先将他贬官，后又流放他乡。

周兴倒台之后，来俊臣并没有产生危机意识。他认为自己深得武则天的欢心，且在自己的专业领域内也无人可以比拟。周兴这样的老手都被自己玩得团团转，狄仁杰案之后，武则天也没拿他怎样。那么普天之下，还有谁能斗得过他来俊臣？

武则天的包庇，令来俊臣飘飘然起来。他原本便素质低劣，如今没有了约束，更是无法无天。李唐皇族已经基本覆灭，来俊臣就把视线锁定到当朝官员甚至是武则天的子侄身上。这样一来，来俊臣招来了武氏后裔的愤恨，他们时刻寻找机会以铲除来俊臣。

来俊臣实在是劣迹斑斑，除了大肆贪污受贿，他还喜欢强抢民女。如果对方不从，他便罗织罪名，令人家破人亡。他的妻子据说也是用这种方法抢夺而来。来俊臣的妻子是贵族太原王氏家族的女儿，太原王氏便是唐高宗李治前任皇后王氏的娘家，位列贵族之首。王小姐本来已经许给段简做妻子，花容月貌却为她招来了灾祸。来

俊臣看上了王小姐，跟段简家说皇上已经把王小姐许配给自己。段简明知来俊臣一派胡言，又怎敢忤逆他的意思，只得乖乖将王小姐拱手相让。

有一天，来俊臣正在宴请王小姐的家人。他的手下酷吏卫遂忠不请自来，来俊臣嫌弃他身份低微，就让仆人谎称自己不在。卫遂忠不服气，便闯进门将王小姐辱骂了一顿。王小姐受辱之后哭闹不休，来俊臣只是将卫遂忠打了一顿便放走了。王小姐见此情形，明白自己在来俊臣心目中根本不值得一提，绝望之余自杀了。

来俊臣并没真把王小姐当回事儿，他早就瞄上了新的目标。但是卫遂忠可不这么认为，他害怕来俊臣报复，决心先下手为强，整死来俊臣。硬碰硬他没那实力，只得借刀杀人。卫遂忠找到武承嗣，偷偷告诉他来俊臣在武则天面前告了武承嗣的黑状。武承嗣原本便忌惮来俊臣，对他诸多怀疑，如今听了卫遂忠的密告，更是下定决心，要杀死来俊臣这个心腹大患。

来俊臣平日树敌太多，人人得而诛之。武承嗣刚刚提议联名弹劾来俊臣，武氏子弟、太平公主甚至很多平时彼此关系并不太好的官员都纷纷响应，一起去武则天面前状告来俊臣。

武则天对来俊臣历来宠信，不愿动手杀他，这更激起了告状者的恐慌，害怕整不死来俊臣，被他反咬一口。于是赶紧联络当朝宰相甚至薛怀义扳倒来俊臣。

最后，还是另一名酷吏吉顼一番话说动了武则天。吉顼说来俊臣贪污受贿、欺男霸女、陷害忠良、民愤太大，简直就是国家公敌了。

武则天考虑问题必然站在皇权维稳的角度，她认为吉顼的话确实有理，来俊臣实属罪大恶极、罄竹难书，自己包庇一个民愤如此之大的酷吏很不值得，搞不好大家会把对来俊臣的怨恨转嫁到她武则天头上，动摇她好不容易稳固的政权，那可就得不偿失了。于是，女皇只得忍痛割爱，下令处死来俊臣。

来俊臣被处死当天，百姓将刑场围了个水泄不通。来俊臣人头刚一落地，便被众人分尸泄愤，将其五脏六腑都掏了出来。这个消息直令武则天心惊肉跳，她赶紧想办法撇清关系，亲自撰写了《暴来俊臣罪状制》，解释自己完全被他蒙蔽，如今才大梦初醒。现在，武则天要替天行道，将这个罪大恶极的坏人处死，以平息民愤、安抚冤魂。女皇还在朝廷上说，过去她并不是没有怀疑过为何周兴和来俊臣每次都牵连那么多大臣，但是每次派人去复查，复查的大臣回来都说案件属实。但是周兴和来俊臣死了之后，便不再有谋反案了，也许从前那些也是冤案。

夏官侍郎姚崇说，从前的谋反案几乎都是周兴他们的诬告，复查的大臣害怕周兴等人的报复，不敢说实话，而蒙冤之人害怕遭受更多苦楚，也再次认罪，但是从今以后不会再有谋反案发生。

女皇骑驴下坡，将狄仁杰和魏元忠召回京城委以重任，酷吏事件就此不了了之。

事实上，酷吏的历史使命几乎已经完成，酷吏时代必须终结。虽然酷吏制度破坏了原有的司法制度，制造了不少冤案，也令大臣们彼此猜忌，但是正因为酷吏的存在，武则天的异己力量被一一铲除，她才得以安然地坐稳江山，社会才没有发生大规模的动乱。酷吏针对的是周武王朝的高级官员，中低级官员一直维稳，整个社会秩序并未被扰乱。其实，武则天对待酷吏的态度不过是一种利用，用完即弃，几乎毫不留恋，而她对待狄仁杰之类的忠臣良相却始终

加以扶持和信任。同时，女皇武则天创造各种机会，令社会有用之才流入朝廷效力。

不少人看过电影《武状元苏乞儿》，武举制度便是由武则天一手创立的。

科举制一直是中国古代封建王朝选拔人才的重要机制。武则天殿内的高级官员们经过酷吏的一番血洗，能做实事的人才所剩不多。她接受狄仁杰、魏元忠等人的建议，完善科举制度，扩大了草根知识分子走上仕途的通道；设置武举，完善了科举制度，将一些文化程度不高却有胆量又武艺超群的人才纳入朝廷，为她所用；她还提高进士科的地位，经常亲自面试优秀人才，提高了提拔官员的效率。武则天还鼓励官员推荐贤才，宰相狄仁杰便推举了不少贤才担任各级官职。

第十八章　各色男宠粉墨登场

一转眼,薛怀义已经陪伴女皇10年之久。从前他不过是女皇的男宠,随着武则天地位翻天覆地的变化,薛怀义的身份也随之水涨船高。在他北伐突厥取胜归来之后,女皇封他为大将军。他在负责建造明堂和另一座供奉大佛的天堂的工程项目中又捞了不少钱,政治经济地位都可谓发生了巨变。人心不足蛇吞象,薛怀义依然对现状不满意。这种不满,化作了对女皇的怨恨。女皇年事已高,尽管保养得当,但不可避免地老态毕露,这也令年富力强、孔武有力的薛怀义对她滋生了厌恶之情。每当女皇召见,他再不像从前那般当回事儿,而是不断找借口回绝。

武则天并不承认自己的衰老,甚至于传说在某天早晨,年近70的女皇还长出了两颗新牙。薛怀义不肯侍奉女皇,自有人愿意补上他的空缺,譬如御医沈南蓼。

薛怀义正在白马寺中广招门徒,并不知道女皇新宠沈御医的存在。不少市井无赖、流氓阿飞贪图白马寺中吃喝不愁的生活,自愿拜在薛怀义门下,剃度为僧。这群"花和尚"不守清规戒律,在薛怀义的纵容下无法无天、横行霸道,引起了朝野上下的极度不满。

朝臣中大多数并不想管闲事,惹恼女皇,但总有正直之士眼里容不得沙子。有位叫周矩的侍御史向女皇告状,说薛怀义借白马寺招兵买马,这群乌合之众成天舞刀弄枪、学习拳脚功夫,不务正业,

意图不轨。

女皇便命周矩负责处理此事。周矩带人将薛怀义抓回御史台审问,谁知薛怀义根本不当回事,袒胸露腹地躺在御史台衙门口的一张坐床上。

周矩气急,马上命令属下把薛怀义抓起来,可是薛怀义一骨碌爬起来,骑上高头大马跑了。周矩转念一想,武则天的枕边人动不得,可白马寺的花和尚们并没有"免死金牌"。于是,周矩带领人马冲进白马寺,把那些舞刀弄棒、惹是生非的僧侣都抓了起来,流放到了岭南。

薛怀义一见周矩敢动真格的,气焰大减,他这才想起女皇,意欲回到女皇身边避避风头,重新邀宠。薛怀义正欲进宫,却被侍卫给拦住了。薛怀义大为愤怒,仗着女皇的恩宠在宫门口大吵大闹。上官婉儿听到吵闹出宫来看,喝令薛怀义不许打扰女皇和沈御医休息。薛怀义这才知道女皇身边有了新宠,心里一下打翻了醋坛子。

侍卫见薛怀义还不走,便在上官婉儿的示意下将他拖离宫门。薛怀义气不打一处来,这个没有文化的街头混混在关键时候显示出他的泼皮本色,为图报复,一把火烧掉了武则天要他监造的明堂和天堂。

古时候的建筑多为木质,很容易烧成灰烬,熊熊大火将整个洛阳城照得通明,百姓们都被这场大火惊吓到了。

负责洛阳治安的武三思很快弄清了情况,急忙跑去向武则天禀报。武则天心知肚明是薛怀义争风吃醋烧掉了明堂,可是如果让真相大白于天下,她这个女皇实在面上无光。她借口天干物燥容易起火,轻描淡写地把起火原因归于意外。为了撇清薛怀义,女皇再次命他建造新的明堂，以堵住天下人之口。

太平公主入宫拜见母亲的时候，武则天向她透漏出想秘密杀死薛怀义的意思。太平公主听闻后大吃一惊，母亲对薛怀义一直恩宠有加，如今居然动了杀心。

对着亲生女儿，武则天吐露了心声。女皇虽然宠爱薛怀义，但是薛怀义嘴巴不牢靠，四处宣扬他和女皇的不伦之恋。更为罪大恶极的是，他居然胆敢放火烧掉明堂。对女皇来说，烧掉明堂事小，反正还可再建，但此事令她和薛怀义的关系再次成为人们津津乐道的话题，严重影响了女皇的威信。

太平公主认为，既然如此，找个借口将他杀死便是。武则天摇摇头，薛怀义身份特殊，引人注目，最好神不知鬼不觉地将他秘密处决。他身边随从众多，不容易下手，此事武则天又不便交托给别人，所以只好请女儿太平公主设法办妥。

太平公主领命出宫，聪明过人的她很快想到了对付薛怀义的方法。太平公主布置好一切之后，便命令自己的乳母捎信给薛怀义，要他到瑶光殿相会。薛怀义是个粗人，哪会疑心有诈？况且他早就垂涎太平公主的美色。见公主差遣乳母相邀，薛怀义还以为公主像她的女皇母亲一样被他的男色所打动，不禁心花怒放、跃跃欲试，痴心妄想一亲公主芳泽。

瑶光殿地处偏僻，薛怀义自作聪明地认为风流韵事需要掩人耳目，他并不疑心有诈，孤身前往采花。谁料，薛怀义刚踏进宫殿，宫门便被锁住。一群手脚灵便、身强力壮的女仆，每人操着一根巨大的棍子，轮番上阵，打得薛怀义满地找牙。薛怀义虽然身怀武艺，只是事出突然，对方人数众多，他来不及还手便被打断了双腿。开头，

他还叫嚣着"女皇的人你们也敢打"。听他如此一说,这群仆妇下手更加狠辣。打了几百下,薛怀义只有出气没有进气,血肉模糊,很快就咽气了。

武则天听到薛怀义的死讯不禁有几分难过,为了大局,她很快硬起心肠,吩咐人将他的尸体处理掉。这个得宠多年的英俊面首,就以这种不光彩的方式结束了他可悲的一生。

武则天登基成为女皇之后,经过一段时间的整顿,朝野上下面貌一新,而来俊臣等低素质酷吏的问斩,也令朝堂气氛宽松很多。再加上狄仁杰担任宰相,一些忠直之士辅佐朝政,武则天的生活较之从前悠闲多了。休闲时间她便常常与御医沈南蓼厮混在一起。沈御医长得很帅,可是已经步入中年,与当年龙精虎猛的薛怀义不可同日而语,但是他温柔体贴善解人意,又精通医理,将女皇身心调理得很是和谐愉悦,这是粗俗的薛怀义所不具备的优点。岁月不饶人,沈御医长年侍奉女皇,常觉精力不济,便经常服食药物,温补太多反而伤身。虽然女皇武则天给予沈御医很多物质上的奖励,但他无福享受,很快一命呜呼了。

沈御医死后,女皇上朝结束,回到宫中便独守空房,形影相吊,甚为无趣,加上她年事已高,小毛病不断,其他御医总也不如沈御医那么知冷知热、体贴入微,凡此种种常常令她心情烦躁,大发雷霆。

武则天的喜怒不定令后宫里的宫女太监们终日战战兢兢、如履薄冰,唯恐触怒了女皇招来杀身之祸。唯有女官上官婉儿对武则天情绪变化的原因心知肚明。从前,这类宫闱秘事一般都仰仗千金公主解决,但如今千金公主已经过世,再也无人能为她分忧。而上官婉儿身处深宫,无法和外界取得太多联系,思来想去,她决定去找太平公主帮忙。

太平公主是武则天的掌上明珠，她自幼聪明伶俐，甚得武则天欢心。公主的身份令她接受了良好的教育，也养成了她无法无天、肆意妄为的个性，任何礼教规章、伦理制度，对她来说可谓一纸空文。除了母亲武则天之外，太平公主什么都不放在眼里。她生性风流、美貌多情，嫁过两任丈夫，即使是在闺中寂寞的空窗期，她的床榻之上也从未间断过可心之人。因此，母亲武则天的状况，太平公主再理解不过。上官婉儿找她可算是找对人了。

太平公主满口应承，答应上官婉儿自己会把母亲的事作为头等大事。当然这种事只能秘密进行，不可大张旗鼓，否则会失了皇家的体统。经人介绍，太平公主认识了贞观末年宰相张行成的族孙张昌宗。张昌宗男生女相，长得唇红齿白、细皮嫩肉，再加上出身名门，不仅知书达理，还精通音律，儒雅风流，招人喜爱。太平公主将张昌宗上下打量一番，担心他太过瘦弱。张昌宗在公主府住了一段时间，滋养调教后太平公主对他十分满意，反倒舍不得送给母亲享受。太平公主比较看重大局，认为只要母亲高兴，以后自己想要多少美少年都不是问题。于是，忍痛割爱，将张昌宗献给了母亲。

张昌宗虽然出身名门，但是家境败落大不如昔，否则怎会愿意卖身进宫，侍奉女皇？他简单收拾了自己的行李，紧跟着的太平公主，进宫面圣。

太平公主事先将母亲的喜好和习惯都告知张昌宗，以便他博取母亲的欢心。将他带到母亲寝宫之后，公主便先行告退，留下张昌宗一个人在宫内侍奉女皇。

女皇见张昌宗青春年少、粉嫩可爱，心里乐开了花，但当着女

儿的面不好表露，只好装模作样。等女儿一走，她赶紧招手，让张昌宗坐上她的卧榻，陪她说话。

从小，张昌宗就听说过女皇武则天的淫威和手段。尽管太平公主将女皇描述得和蔼可亲，但是第一次近距离接触武则天，他还是吓得哆哆嗦嗦，不知手脚该往哪里放。

武则天哈哈大笑，指示宫女帮他一把。这种场面，宫女们见怪不怪，上前齐心合力脱下张昌宗的鞋子和风尘仆仆的外衣，将他推到女皇的坐榻上。

武则天仔细观察张昌宗，见他眉目如画、肌理细腻，年轻人身上特有的青春气息扑面而来，令她心神荡漾。而在张昌宗眼中，女皇虽然年逾70，但保养得甚好，五官依然较为精致，身材皮肤都还算紧致，一头乌发每月定期染过的。虽然她的眼角和颈部有些细碎的皱纹，但依然无损她犹存的风韵。张昌宗的母亲比武则天小10来岁，在生活的重压下，早就鸡皮鹤发，垂垂老矣。再看武则天，她眉目含情，两颊布满红晕，与街头那些垂青自己的少女的表情没什么两样，这个发现令张昌宗的自信空前膨胀起来，胆气一旦恢复，手脚也恢复了自如，他渐渐进入了当前的角色，想起了此时此刻自己究竟该做些什么。

云雨之后，女皇满足地搂抱着张昌宗，夸奖道："别看你身材并不健硕，却很是勇猛，以后每天都陪伴御驾左右侍奉，朕定然不会亏待你。"

一番较量，张昌宗发觉女皇武则天精力旺盛，很难对付。他既然决定了吃这碗软饭，那么身体就是最重要的本钱，可得好好保护。否则，像沈南蓼那样，"以身殉职"就太不划算了。权衡利弊后，张昌宗赶紧向女皇推荐自己的兄长张易之，说兄长各方面的本事都强过自己。女皇一听，得陇望蜀之心顿起，急忙招张昌宗的兄长张易之觐见。一见之下，果然一表人才、器宇不凡，喜得女皇眉开眼笑。这一下子得了两个帅哥，她的晚年生活再也不愁会寂寞了。

太平公主前来请安之时，见到侍奉在武则天卧榻前的张昌宗兄弟俩，心中暗夸张昌宗聪明。她见母亲对这对兄弟非常满意，趁机做个顺水人情，要母亲对两人进行封赏。只要张氏兄弟俩有了职位，就有正当的理由进出后宫。

这个问题武则天早已考虑好。前任男宠薛怀义被封赏之后变得嚣张跋扈，前车之鉴令她吸取了教训，因此自始至终只让二张任个虚职，陪她吃喝玩乐，顺带进行一些护理之事。

别看二张人品不怎么样，对母亲倒是极为孝顺。他们提出，母亲没有过上一天好日子，希望能够赐给他们一个安居乐业的地方，可以侍奉母亲颐养天年。

二张的母亲姓臧，已经60岁，长得脸大皮粗，很是难看，不知为何生出两个如花似玉的儿子，让人感叹基因突变的魔力。张母臧氏含辛茹苦将两个儿子抚养长大之后，原本就不怎么样的容貌愈发对不起观众。

武则天爱屋及乌，不仅将皇宫边上空出的几个王府赏给二张居住，生活起居用度都由国库开销，还赐给他们的母亲臧氏一个"私夫"。这可是古往今来破天荒头一遭，是女皇的女权思想和创新精神结合的产物。

所谓"私夫"，相当于女人的妾室或是兼职丈夫，不是正牌丈夫。这个古今第一倒霉蛋是谁呢？就是凤阁侍郎李迥秀。

李迥秀的妻子出身大族，自视甚高，对奴仆非打即骂，跟穷人出身的婆婆也相处得很不愉快。孝顺的李迥秀一纸休书，将妻子赶走。被武则天知道后，认为此人仁义有加，适合当自己两个心肝宝贝男宠的继父。于是，女皇封二张的母亲臧氏为太夫人，赐婚给已经再次娶妻的李迥秀为妻。

李迥秀想要回绝，可武则天根本不给他这个机会。女皇顾念他已有妻室，便封他为臧氏的"私夫"，当臧氏有需要，才上门服务，平时不用住在臧氏家中。李迥秀哑巴吃黄连有苦说不出，又不敢严词拒绝，只得半推半就下来。

当时，不少大臣看重二张兄弟与武则天的关系，纷纷巴结二张，希望有机会能为自己多多美言几句。他们眼谗李迥秀有此奇遇，大为羡慕，纷纷去恭喜道贺。可对于李迥秀个人而言，却痛苦不堪。多年后，二张被杀，李迥秀终于脱离苦海，却也因为这层关系而被贬出京城，后又被诬与二张有牵连，最终丢了性命，真可谓时运不济。

第十九章　激烈的皇嗣之争

武氏子弟唯武承嗣马首是瞻，他们都希望武则天能够立武承嗣为皇嗣，确保武家能够世世代代享受荣华富贵。基于这个目的，在短时间内，百官之中，武家子侄对二张兄弟最为巴结。

二张兄弟初受女皇恩宠，对谁当皇嗣并不在意，但架不住武家子侄的重金贿赂，开始成日在女皇耳边吹枕头风，要女皇立武氏子侄为皇嗣。女皇好容易得享片刻闲暇，不耐烦听二张聒噪。二张也并非真心向着武氏子侄，又害怕女皇恼怒，便闭嘴不语。

正当女皇为皇嗣之位烦恼之时，忽在夜间做了个梦，梦到一只巨大的鹦鹉折断了双翅，掉入水中。女皇本姓武，惊醒之后，她很是惊骇，赶紧招来宰相狄仁杰为她解梦。

狄仁杰趁机对女皇进言道："鹦鹉的翅膀就是女皇的两个儿子庐陵王李显和李旦，如果女皇启用两个儿子，那鹦鹉（武）的两个翅膀就全了。"

武则天心中有所松动，嘴上却斥责狄仁杰："这是朕的家事，不容别人置喙。"

狄仁杰赶紧说："女皇现在的江山，是唐高祖和唐太宗打下来的。他们为何要拼命打江山，就是为了给子孙后代留一份家业。高宗去世时将江山传给您，就是希望您这位李家的媳妇能够代儿子掌管好江山，将来再传到儿子手里。您如果把江山交到自己的娘家人手里，

既对不起李氏的祖宗,也违背了天意。如果将皇位传给儿子,那么子孙后代都会为您立太庙祭祀您,我从来没有听说过侄子会立太庙祭祀姑母。"

这番话,从前的宰相李昭德曾经对武则天说过。然而,从狄仁杰嘴里说出来,分量大不一样。如今的女皇比从前又衰老了不少,是到安排好后事的时候了。武则天一向信任狄仁杰,狄仁杰最后一句话触到了她的隐痛。她明白,武氏子侄平庸无能,属于那种拎不清的人,除了拍马屁什么也做不好,她多次提拔武承嗣等人当宰相,又把他们贬职,就是这个道理。如果把江山给了武承嗣,他首先会建太庙祭祀自己的父亲,他的父亲就是当年曾经欺凌过武则天、被武则天杀掉的武元爽。她怎么能让江山落入仇人的后代手中?尽管她姓武,希望武氏一族兴旺发达,但基于多方考虑,在皇嗣的人选上,她倾向了李氏。

契丹这个少数民族向来不太老实,时而冒犯唐朝的边境。这次他们又来犯境,打出的却是匡扶庐陵王和相王的旗号。契丹此举莫名其妙,却令武则天有所触动。唉,她这女皇当得真是没劲,就连少数民族都只认李氏不认武氏。

沮丧归沮丧,边关告急,需要立即派出将领前去平定。凤阁侍郎娄师德主动要求前去平定战乱。娄师德以忍让谨慎著称,他一生征战无数,基本属于常胜将军。武则天的侄子武懿宗见娄师德出马,知道此战必胜无疑,有心分一些战功据为己有,便自动请缨出战。

武则天知道武懿宗胆小无能,见他此次愿意上前线,非常高兴,认为他给武家长了脸面。原本,武则天打算封娄师德为主帅,武懿宗为副帅,出于私心,最终还是封亲侄子为主帅,娄师德为副,又安排了从酷吏顺利转型成朝臣的吉顼为监军使。

武懿宗当上了主帅洋洋得意，亲自率领大军走在队伍前面，要求娄师德和吉顼各领一队兵马殿后。武懿宗刚刚带兵来到赵州，就听探子来报，有一支几千人的敌军全速冲来，他便慌忙令大军抛弃一部分辎重，掉转方向，去跟娄师德汇合。无论属下如何劝说，武懿宗也不敢正面迎敌。结果，10万大军在几千敌军来到之前落荒而逃，赵州随即失守。

娄师德与吉顼不再指望武懿宗上阵，他们定好计策亲自出马，一举将契丹兵马打得落花流水。

武懿宗属于胆小黑心之辈。他一见娄师德打了胜仗，马上想到抢占头功，这下吉顼可不乐意了。娄师德为了顾全大局，花了很大力气安抚吉顼和其他将士，将主要功劳让给了武懿宗。

武懿宗抢占了头功还嫌不够，趁着娄师德先行返回京城的机会，独自留在河北，将当地跑反归来（为了避开战乱而跑到外地躲起来如今又回来）的百姓全都抓了起来，诬告他们是契丹人的帮凶。他杀死很多无辜百姓，还带上人头回到京城，将人头挂在树上示众。

回到朝廷，武懿宗在女皇面前大言不惭地自夸，说自己如何能干，将河北的反贼杀得一干二净。朝中不少正直的大臣了解此次战役的始末，见武懿宗如此好大喜功又残害良民，忍无可忍，一起站出来弹劾他。女皇本想借机嘉奖一下自己的侄子，可是见侄子实在不争气，只得顺应大臣们的意愿，为那些冤死的百姓平反。但是，武则天并未对武懿宗进行任何惩戒。

契丹之乱已平，突厥犯境的征讨事宜却无人响应。狄仁杰趁此机会提出，突厥此次作乱依然打着匡扶李氏皇族的名义，希望武则

天能将皇子接回,确立皇嗣。如此一来,天下人再也没有口实谋反。

由于皇嗣的册立之事,关系到国家社稷的安危,当然,最重要的是关系到大臣们的切身利益,因此成了万众瞩目的焦点。不少人都打着自己的小九九,运用自己的人际关系网来左右这件事的发展。

天官侍郎吉顼是酷吏出身,但他的文化素养和工作能力较强,因此早早转型成功,没有受来俊臣等酷吏倒台的影响。但是,武承嗣等人根本看不起吉顼,一旦碰面常常对他冷嘲热讽,这令吉顼很是不爽。当时的形势,吉顼看得比较清楚。武氏子侄碌碌无为、人品低劣,若是他们掌权,必然天下大乱、政权不稳,他吉顼也不会有什么好果子吃。唯有李氏子孙成为皇嗣,才是众望所归。吉顼终日冥思苦想,希望能找到突破口,帮助李氏皇子,也算立下一个大功,对自己的前途大有好处。

吉顼经过反复掂量和权衡,前去找侍奉武则天的张昌宗、张易之兄弟两人谈心。吉顼一向注意人际关系,他跟二张关系很是融洽,二张对他比较信任也比较客气。见吉顼郑重其事地来访,二张不由紧张起来,询问吉顼所谓何事。

吉顼叹了口气,假装关心道:"我最近一直在为你们兄弟二人担心。你们虽然享尽荣华富贵,但毕竟不是依靠自己的能力取得。朝中对你们咬牙切齿、嫉妒万分的大有人在。现在,你们经常伴随女皇身侧,说话还算管用。若不能趁此机会积累下大的功劳,那么真不知你们以后如何自保?"

张氏兄弟并不是笨蛋,他们当然明白吉顼的意思,也认清了目前的危险处境。他俩在朝堂上没什么势力,实在想不出方法可以防患于未然,只得赶紧向吉顼讨教。

第十九章 激烈的皇嗣之争

吉顼见二张上了钩，心中暗喜，面上却不动声色，保持着一副忧心忡忡的样子，说："普天下的百姓都没有忘记唐朝，而各级官员也希望庐陵王能够回来当皇嗣。女皇年纪已经很大了，一直对皇嗣的事情犹豫不决。如果你们能在这个时候说服女皇接回庐陵王当皇嗣，那就是一件很大功劳。不仅可以避免将来遭祸，也能够长久保持富贵。"

张氏兄弟听完吉顼的分析连连点头，对他只剩下感激的份儿。送走了吉顼，两兄弟又反复商量好久，决定瞅准女皇开心的时候，就把这件事提出来。

武则天得了二张这对活宝，心情一直都很不错。这天她处理完国家大事，回到寝宫，跟张氏兄弟吃完晚饭嬉闹了很久，觉得乏了，便要两兄弟为她按摩入睡。

张氏兄弟见武则天心情愉悦，急忙拐弯抹角地将话题引向了立皇嗣的问题上，说武承嗣毕竟不是女皇的亲生儿子，应该选庐陵王当皇嗣。

武则天一听此言，一下子警惕起来，难道大家真的这么希望庐陵王成为皇嗣？不对，张氏兄弟一直远离朝堂，哪里懂得这些。这些话，一定是别人教他们说的。

女皇假装板起面孔，吓唬他们，要他们说出幕后主使。二张赶紧跪下磕头，把吉顼招了出来。女皇命人叫来吉顼，质问他为何干涉立皇嗣一事，居然还说动二张帮他当说客。

吉顼从容不迫地把想好的理由说了一遍，表示自己害怕女皇不听自己的意见，才让二张代劳。吉顼陈述了立庐陵王为皇嗣的好处：庐陵王远离宫廷10多年，在朝中没有党羽，立他为皇嗣，女皇依然

可以独掌皇权，不用担心皇嗣与自己分庭抗礼。况且庐陵王在外饱经风雨，女皇将他召回皇宫立为皇嗣，他一定会感恩戴德。而相王李旦原本便是皇嗣，他不会像李显那样感激女皇。再说，李旦一直生活在京城，虽然被严密监控，但难保私下没有党羽。所以，立庐陵王是比较合适的选择。

武则天内心经过一番挣扎，加上狄仁杰、吉顼等人的规劝，她虽然心有不甘，但最终还是派人将庐陵王李显接了回来。这纯粹是无奈之举。武则天不愿大张旗鼓，只是给了随身太监一个密诏，说庐陵王生病了，把他全家老小接回京城来养病。回京之前，不能让任何人知道此事。

这样一来，就苦了李显。他在漫长的幽禁生涯中天天提心吊胆，害怕母亲的追杀。如今，母亲的特使前来，却并不告知真情，而是准备偷偷将他接回皇宫。李显不知是福是祸，吓得哭了起来。还是李显的妻子韦氏比较冷静，即使在被软禁期间，韦氏一直关心国家大事，希冀有一天时来运转，能重回京城。如今，边关战事吃紧，对方又打着匡扶庐陵王的旗号，所以不大可能会在这个节骨眼上杀死李显，更大的可能是将他接回立为皇嗣。

不容他们夫妻多想，特使催促李显一家大小登上了回京城的马车。

韦氏的判断没有错。当狄仁杰等人再次向女皇提及接回庐陵王一事，武则天要随从将身后的帘子拉开，神情委顿、苍老瑟缩的庐陵王李显以这种戏剧化的方式出现在狄仁杰等人的面前。

狄仁杰见到庐陵王归来，大为惊喜，但对女皇偷偷摸摸接回皇子的行径大为不满。他提出唐朝泱泱大国，这样的行径传出去，恐怕会遭人耻笑。女皇一听有理，只得重新安排仪仗，假装刚刚迎接

第十九章 激烈的皇嗣之争

李显入宫。

虽然仪式和方式都不太光明正大，但是好歹回到了京城。李显此时不敢有非分之想，母亲如何安排，他就如何配合。他的到来，令皇嗣的归属十分明显。李旦看清了形势，再次做了一个明智的决定，主动向女皇提出让位给哥哥。武则天大为满意，很快再次下旨立李显为太子，但是不许他干政，更不许他走出东宫一步。

李显成为太子之后，打着"匡扶李唐皇室"旗号作乱的突厥却并未撤兵。直到众臣提议，要武则天安排李显当上挂名的元帅，派兵征讨突厥，才荡平叛乱。

经过这件事，女皇更加清楚地意识到李氏皇族在人们心目中的分量，坚信自己立李显为太子的正确性。这样一来，她又生出了新的担忧。李显之所以能成为太子，武则天考虑的最关键的因素就是，李显跟武氏子侄没有冤仇，将来即使李显登基成了一国之君，也不会找武氏后裔报仇。在这几年的夺嫡大战中，李旦却反复被武家陷害，他一旦掌权，一定会以牙还牙，杀尽武氏子侄。但是武则天还是不太放心，害怕她一旦有个三长两短，李家和武家的后代会斗个不停。于是，武则天想出了一个自认为很高明的办法。女皇下令赐太子姓武，让武家和李家的子侄一起参加宴会，还任命武承嗣为太子少保，并在一些重要的岗位上安插上武姓子侄。一切安排妥当之后，女皇又安排李显、李旦、太平公主和武家子侄一起在明堂起誓，将来和平共处，并将他们的誓言刻在铁券之上。

这个方法其实相当幼稚,姓氏可以更改，而当事人若是违反誓言，武则天也无可奈何。既然女皇愿意自欺欺人，其他人也不好泼冷水。武承嗣眼见当太子的希望彻底破灭,气得生了病,很快便一命呜呼了。

第二十章　女皇的面首照砍不误

继承人的问题已经解决，叛乱也已平息，女皇与朝臣以及子女相处关系渐渐变得较为融洽，再加上有二张相伴，她的心情前所未有的放松，也越发觉得自己这个女皇是多么称职，于是生出了封禅的欲望。

武则天曾以皇后的身份主持过泰山封禅的亚献。如今她贵为皇帝，希望完整地完成封禅过程，得到上天的支持。考虑到自己的健康状况，武则天选择了离洛阳最近的嵩山作为封禅地点。在太子李显带着先遣部队到嵩山准备封禅事宜期间，武则天病了，而且病得不轻。这时候，有个名叫阎朝隐的官员，自愿充当封禅的祭品，为武则天祈福。祭品一般都是动物，太子等人从未见过把人当作祭品的先例，不敢擅自决定，只好派人飞马报告女皇。女皇原本病得迷迷糊糊，一听朝中居然有对自己如此忠心的大臣，心情愉悦之余，身体也好了大半，居然可以起床行走了。她大大封赏了阎朝隐，并亲自完成了封禅仪式。

女皇从登基之日起，便对自己以女子之身夺取皇位而惴惴不安。封禅之后，她自认为得到了上天的庇佑，精神大振，继续沉迷于与二张的厮混之中。

二张所在的部门叫作控鹤监，专为武则天安排一些娱乐事宜，聚集了大量文人雅士，陪伴武则天吟诗作对，大开文化沙龙。其中

还混迹着不少美少年,供女皇享用。由此,控鹤监在朝中风评实在不佳。女皇见此情况,将控鹤监改名叫作奉宸府,要求二张带头召集一批文人编书,以洗雪往日并不佳的名声。二张得此命令,满心欢喜,借着编书的名义大肆招徕文人,伺机扩大人脉。不少人看中二张兄弟与女皇的特殊关系,借着这个机会接近他们,赠以大量金钱买官。两兄弟一看,这是个发财的好机会,遂开始偷偷摸摸地卖官鬻爵。一来二去胃口越来越大,即便是毫无关系的陌生人,只要赠与金钱,他们便直接要求负责官员升迁的部门提拔此人。至于二张的亲戚兄弟等人,更是占据了不少肥缺,贪污受贿数钱数到手软。

武则天对二张的所做所为并非毫无所知,只是她年事已高,身体也每况愈下,经常需要卧床休息,十天半月才上朝一次,因此,她需要以二张作为耳目,告诉她宫外发生的事情。二张利用武则天的信任,为所欲为,打击了不少他们不喜欢或是不喜欢他们的人,却也因此得罪了李氏和武氏两个家族。

魏王府自武承嗣死后,一改往日车水马龙的景象,变得门可罗雀。虽然武承嗣的儿子武延基娶了太子李显的女儿永泰郡主为妻,又蒙武则天恩宠顶了魏王的爵位,但是他才不过十九岁,少不更事,既没有正经的官职,又没有做出什么大的成绩,朝中根本没人把他当回事儿。

永泰郡主的哥哥、李显的长子李重润与武延基年龄相仿,经常互相串门玩耍。年轻人血气方刚,常常看不惯朝廷中的一些事情,惯于指点江山,且口无遮拦。这天,他们谈起张易之、张昌宗兄弟俩以色事女皇,搞得朝中乱七八糟;李重润的父亲李显虽然贵为太子,但是不许走出东宫一步,以后是否能够接任皇位还是个问题。

第二十章 女皇的面首照砍不误

须知隔墙有耳。几个年轻人不曾想到，他们这番话辗转传到了武则天耳中。武则天勃然大怒，将李显叫进宫中大骂一顿，斥责李显已经贵为太子，却不懂约束子女，居然让子女说出如此大逆不道的言语。这几个不知天高地厚的孩子，实在该死！

李显害怕自己太子之位不保，可是杀死几个年轻的孩子却于心不忍。尤其是李重润是李家的长孙，还未娶妻生子；女儿永泰郡主只有十七岁，刚刚怀孕；武延基也是武家的长子。李显回到东宫，将母亲的斥责告知韦氏。韦氏比他心狠也更能沉得住气，立刻要求李显将孩子们赐死，否则多年来苦心等待的一切将付诸东流。

忍痛让几个孩子自杀之后，李显一病不起。韦氏却还要求他与李旦、太平公主一起向武则天上奏，封张氏兄弟为王，以平息二张的怨恨和武则天对李显的疑心。

二张见太子李显向自己服软，很是高兴，也就对他放松了警惕，令二张看不顺眼的人总是层出不穷，如魏元忠、太平公主的情人高戬等。魏元忠一向忠直，不但几次三番反对张氏兄弟的亲戚上位，还曾经教训过为虎作伥的张氏族人。至于高戬，原本便是腹有诗书的文人雅士，又加上太平公主的青睐，当然更不把面首出身的二张放在眼里。

二张熟知女皇个性，知道女皇最恨有人谋反。于是他俩跟一名叫作张说的大臣说好，要他证明魏元忠曾经出言不逊，有谋反之意，并且将高戬也一并牵连进这个谋反案件中。

太平公主眼见情人被抓，心急如焚，急忙入宫面圣。她进得宫来见女皇正在气头上，不便直接求情，只得婉转地提出，此事牵涉朝廷重臣，要慎重对待。既然是二张指控魏元忠等人谋反，那不妨

让他们当面对质，是真是假自然水落石出。

太平公主在武则天心目中分量很重，武则天认为她的提议也不无道理，也就允准了她的要求。

凤阁舍人张说很有心计，虽然他已经答应了二张为其作伪证，但那只是权宜之计。考虑到女皇风烛残年、命不久矣，二张也是秋后的蚂蚱长不了，如果到时候魏元忠等朝廷重臣反攻倒算，他张说吃不了兜着走。因此，在朝堂上，尽管二张兄弟反复催促，张说还是临阵反悔，说自己从未听魏元忠说过谋反的话语，倒是二张兄弟逼迫他作伪证。此言一出，大臣们纷纷谴责二张，二张见张说临时反水，急忙口不择言，诬蔑张说与魏元忠一起谋反。论口才和智慧，二张哪是张说的对手。他侃侃而谈，一番辩解，把自己撇得一干二净，说得张氏兄弟哑口无言。

武则天何等精明，张说那点小伎俩，根本瞒不过她。对她而言，无论二张是对是错，在某种程度上并不重要，打狗还得看主人，张说如此戏弄自己的男宠，那么他眼里还有没有她这个女皇？更可气的是，二张在朝臣面前丢尽颜面，令女皇下不了台，这样的大臣，女皇绝对无法容忍。怀着满腔愤怒，武则天大笔一挥，将张说、魏元忠和高戬全部贬官，二张却毫发无损。

二张乱政期间，一代良相狄仁杰去世了，女皇大为痛心。

幸而，狄仁杰在临死前举荐了另一位德才兼备、大器晚成的宰相张柬之，宰相姚崇也曾极力推荐过此人。正是张柬之的存在，结束了当时一度陷入混乱的政局。

张易之、张昌宗兄弟俩的得宠充分验证了小人得志后果的严重性，他们从最早的贪赃枉法逐渐演变到迫害王孙，接着又发展到残害忠臣、扰乱朝政，令原本已经明朗的政治形势发生了变化。李显能否顺利登基成为了一个悬念，这引起了朝廷上上下下的公愤。大臣们开始积极行动起来，想办法找出二张的岔子，希望运用合法的手段将他们铲除。

经过调查，二张的问题还真不少。大理寺的官员先从他们的身边人下手。譬如二张母亲臧氏的"私夫"李迥秀，他在主持修建兴泰宫期间，以次充好、收受贿赂，建筑质量严重不过关。李迥秀因为此事被罢免，贬到京城外担任刺史。接着，倚仗着二张做上官的二张的弟弟们张同休、张昌期和张昌仪也因贪污受贿被抓进了牢房，还把张易之、张昌宗兄弟供了出来。除了一般的经济问题，二张的弟弟们还供出他们卖官鬻爵的违法行为。呈堂供述材料足有几尺厚。

武则天见证据确凿，只得派人仔细审查二张。负责此案的官员最终裁定，二张确实有罪，不过只要拿出二十斤铜即可抵罪。

女皇见这个官员如此知趣，很是满意，她不顾大臣们的议论就此结案了事。想要扳倒二张的大臣坚决不同意这个判决，说二张犯罪情节严重，不是赔钱就能免罪的。二张不服气，抵赖说自己有功于社稷，可以功过相抵。这个说法连武则天都觉得牵强，除了哄自己高兴之外，二张似乎没有其他贡献，这个理由又如何能摆上台面？

最终，还是马屁天才杨再思站出来解了围，他说："张昌宗曾为女皇试药，这就是大功一件。"武则天赶紧抓住这点，赦免了张昌宗。

介入此案的宰相韦安石和唐休璟，坚决要求严惩张氏兄弟。武则天不愿再跟他们废话，直接下令将两人调出京师做官，省得他们总在眼前晃悠，与她再唱反调。

经济问题扳不倒二张。大臣们又从另一方面着手,他们提交了二张涉嫌谋反的证据。二张曾经向一位术士询问过自己是否有当天子的相貌,那位术士将当时卦辞也一并拿出。张昌宗还劝过武则天在定州建造佛寺,借助这个机会来发动群众谋反。

这个案子由御史中丞宋璟、司刑卿崔神庆和宰相韦承庆等人共同审理。宋璟一心整死二张,可是宰相韦承庆跟二张却是一个鼻孔出气的。

女皇知道罪证确凿,但是她既不想得罪朝廷栋梁之臣,又不愿伤害心肝宝贝二张兄弟,只好故伎重施,将宋璟调走。无论武则天如何调派,宋璟就是不走,还有一大堆言语来反驳女皇。女皇无奈,只好同意他先将二张兄弟抓起来再说。宋璟以为这次真的可以扳倒二张。谁料,待他把二张带回御史台,女皇忽然派人拿着一纸特赦令,没等他反应过来便把二张抢了回去。

二张的胡作非为、女皇的包庇令群臣终于看清楚,依靠正当的手段扳倒二张是不可能的。女皇已经年老,二张终日侍奉在女皇身边,究竟会出什么乱子,谁也不敢设想。虽然狄仁杰已经去世,但是他生前推荐的姚崇、桓彦范、敬晖、张柬之、崔玄暐、袁恕己都已在朝廷中举足轻重,形成一个独立的政治集团。这一批人几乎全都出身科举,多数是世家出身,他们作风较为正派,重视学养和政治素质,与寒族出身的新兴地主阶层例如张氏兄弟的重文风、轻素质的特点截然不同。武则天年老之后,对朝廷的控制力减弱,朝中大臣分成不同的派系相互斗殴。如今,张氏兄弟乱政,以张柬之为首的政治集团便开始寻找解决二张之道。

张柬之联络了狄公生前举荐的大臣,一起探讨究竟如何对付二张。大家纷纷表示，如今唯有杀死二张才能彻底解决问题。如果派人暗杀，女皇绝对不会善罢甘休，一定会彻查凶手；若是因此迁怒于太子和诸臣，太子位子不保，那便得不偿失，一定要想一条万全之策。最后，大家一致商定，既要铲除二张，又要逼女皇让位于太子李显，只能发动宫廷政变，如此才能一举两得。

要发动宫廷政变，首先必须有兵权。保卫女皇的羽林军分左右二支，左羽林军中的头头是女皇的侄子武攸宜，但是羽林将军却都是张柬之的人。张柬之在担任宰相时在羽林军内安插了不少自己的人，敬晖担任左羽林卫将军，桓彦范是右羽林卫将军，杨元琰也是右羽林卫将军，武则天的第一批支持者李义府的儿子李湛也在其内。自己人协调完毕后，张柬之前去拜访了右羽林大将军李多祚。

李多祚，靺鞨族，以军功历任右羽林军大将军，前后掌握禁兵、北门宿卫二十余年。他见宰相张柬之亲自前来探望自己，非常感动，急忙设宴款待。酒过三巡，张柬之故意问李多祚，谁对他李多祚的恩情最大？

李多祚一下子热泪盈眶，说："我这辈子最感激的就是高宗皇帝，如果不是他力排众议启用我这个外族人，我就不会有今天的地位。就是我死了，也会到地下去保卫高宗皇帝。"

张柬之见李多祚对唐高宗忠心耿耿，知道有戏，于是故意说："大家都说将军很讲义气，也很忠心。现在高宗皇帝子孙却困在东宫，张昌宗、张易之两个小人在女皇身边迫害忠臣，扰乱朝政。如果将军想要报恩，现在正是时候。"

李多祚被张柬之说动了，发誓要铲除张易之兄弟，把宝座还给太子李显。他表示愿意听从张柬之的指示，为了太子可以不顾自己

和妻儿的性命。

张柬之得到了朝廷和羽林军的支持,下一步便要得到李唐皇室的首肯。如今,李氏的直系子孙只剩下3个人,李显、李旦和太平公主。如果发动政变成功,李显就是皇帝,是最大的得益者,因此他不会有异议。至于李旦,他多次受到武氏家族的迫害,当然不希望武家的人有翻身的机会。而太平公主,她的情人高戬被二张所害遭到流放,自然恨二张入骨。再说,除了李氏之外的任何一族当了皇帝,李氏皇族后人必然首当其冲受害。兄妹三人平时关系并不密切,但是为了共同的利益,都同意了张柬之的安排。

太平公主可以随意出入武则天的内宫。她利用这个便利,联络了不少侍候武则天的宫女,将武则天和二张的一举一动都密报给她,为政变提供了有利条件。

太子李显同意了政变,但他长期处在武则天的淫威之下,心虚得很。真正发动政变的日子到了,李显却屡次掉链子。当他的女婿王同皎等人率领一干兵士带他出发,他忽然打了退堂鼓,说:"这件事你们自己去干吧,我不去了,跟我没关系。"

王同皎一听,急忙说:"先帝把神器托付给陛下,可是陛下却被幽禁,都已经23年了,现在众将领齐心协力帮助陛下杀死小人,恢复李家的江山社稷,希望陛下不要辜负将领们的愿望。"

李显一想到要反对母亲,还不知能否成功,就吓得直打哆嗦,说:"小人是应该杀,但是母亲身体不太舒服,在病中。如果惊扰了她不太好,要不以后再说吧。"

李湛听闻太子说出这番话,简直是置大家的性命于不顾,便冲到李显面前说:"将士们不顾身家性命来维护你,你却要把我们置于死地，如果你想取消政变，那就自己对将士们说吧。"

李显听得懂李湛言语中的威逼之意。比起可怕的母亲，他更怕面前这群如狼似虎的将士，只好哆哆嗦嗦跨上已经准备好的高头大马，带领将士们进入宫中。

太平公主收买的宫女早就支走了其他宫女，个别留守的也被她们事先杀死。约定的时间一到，她们便将宫门打开，将士们长驱直入，很快进了武则天的寝宫。当时大雾弥漫，看不清楚宫外的景象，张氏兄弟隐约听到一些响动，刚想看看发生了何事，便被蜂拥而入的将士们一刀一个结果了性命，割下了人头。

女皇武则天正睡得迷迷糊糊，听到外殿的声音，张开眼睛，只见龙床周围都是侍卫，将她围得密不透风。武则天心里一惊，却一点都没有乱了阵脚，威严地问道："是谁作乱？"

张柬之答道："张易之、张昌宗兄弟谋反，现在奉太子的命令将他们杀死。因为害怕事先走漏风声，所以没有先向女皇汇报。臣等罪该万死。"

武则天见到了二张兄弟的人头，立刻流下了眼泪，她明白大势已去。当她看到畏畏缩缩被众人推到她面前的儿子李显，忽然又恢复了女皇的仪态，厉声对他说："二张既然已经被杀了，你可以回东宫了。"

李显见母亲发话，吓得不知该如何应对，身不由己地就想离开。桓彦范在张柬之的首肯下，对女皇说："太子怎么能够回去呢？从前天皇就已经将天下托付给了太子，现在太子早就成年了，应该继承皇位，天意民心都念着李唐皇室。我们这些将士大臣拥戴太子，所以才杀了陛下身边危及太子的奸臣。现在请陛下把皇位传给太

子,以顺应上天和百姓的愿望。"

武则天见桓彦范如此强硬,便左看右看寻找突破口。当她看到李义府的儿子李湛,便对他说:"我对待你父亲不薄,你才有今天,怎么你也来了?"

李湛惭愧地低下了头。

武则天又问宰相崔玄暐:"别人都是靠人家推荐才当上官,你是我亲自提拔的,怎么你也来反我?"

崔宰相回答:"我正是用这个方法报答陛下的大恩。"

武则天不再说话,闭上眼睛躺回龙床上。没希望了,由着他们去折腾吧。

相王李旦和袁恕已等根据事先准备好的名单,在短时间内将二张的党羽一网打尽,还把张氏兄弟5人的人头一并挂在桥头示众。

结 语　最后的无字丰碑

政变的次日，武则天下了《命皇太子监国制》让太子监国。第三天，武则天下制传位给太子李显。第四天，唐中宗李显正式登基。第五天，武则天迁居上阳宫。实际上，是被软禁了起来。

武则天迁居上阳宫之后的第二天，唐中宗李显带着文武百官一起探望武则天，还在名义上尊母亲为则天大圣皇帝。

二月，恢复国号为唐，所有的郊庙、社稷、寝宫、百官、旗帜、服色、文字都恢复永淳年以前的旧制度。

李显又当上了皇帝，当然不能再祭祀武周的祖先，李显将周庙七主从太庙迁到了长安崇尊庙。武三思等武氏子弟与唐中宗夫妇关系不错，因而得以保留了荣华富贵。

武则天当时已年过80，女皇的身份令她得到了物质和精神的双重满足，一直神采奕奕。一旦失去了权力这味长生不老药，她从精神到肉体都迅速垮下来。承受了巨大打击和痛苦后，她每天不再有心思打扮，很快变得憔悴不堪，彻底还原了她这个年龄应有的相貌。

唐中宗李显每过10天就会给母亲请安一次，看到母亲这个样子，唤起了他的内疚之心。权力斗争是残酷的，无论李显是何想法，也不可能再扭转乾坤。历史的车轮隆隆向前，武则天建立的周武朝彻底地覆灭了。

事实上，武则天立李显为太子，已经明确李显作为自己的接班人。

武则天的退位虽然是朝廷重臣一手策划的结果,但是由于武则天在任期间,她对国事的处理能力得到了臣子们的首肯,再加上朝中不少大臣都因她的知人善任而平步青云,因此,即使武则天不再是皇帝,不少大臣对她还保持了深厚的感情和适当的尊敬。

在迁居上阳宫后第十个月,武则天这个历史上唯一的女皇帝走完了她传奇跌宕的一生,撒手人寰。在遗嘱中,她赦免了她的第一批敌人,王皇后、萧淑妃两族以及褚遂良、柳奭等人;赐神龙初年平反的魏元忠实封百户;她自己,要求恢复皇后的身份,与唐高宗李治合葬在一起。

中宗李显力排众议,按照母亲的遗愿,让她与父亲一起长眠地下,千秋万世永不分离。在宏伟巨大的陵墓前,李显为母亲竖起了一块无字丰碑。

为何立碑无字已不知是武则天自己的意愿,还是后世的强加。即使活着的时候叱咤风云、不可一世,死后武则天也无力再左右后世人们的评说。后人褒贬之词如汗牛充栋,对武则天来说已经毫无意义。唯有那无字的丰碑静静耸立在历史的长河中,守护着武则天一生那些古老、沉重而血腥的过往,成为另一种形式的永恒。